かしこくて
勇気《ゆうき》ある
ティアラ会《かい》の
マヤ姫《ひめ》
アミーナ姫《ひめ》
イザベラ姫《ひめ》
エラ姫《ひめ》
フレイア姫《ひめ》
クララベル姫《ひめ》
ユリア姫《ひめ》

おとぎの世界《せかい》には
王女《おうじょ》さまの
学校《がっこう》があってね

お母《かあ》さまや
お父《とう》さまと

はなれてくらす
決《き》まりなの。
ドキドキしたけれど…

→めくってね

ティアラ会《かい》 7つの約束《やくそく》

1. 王女《おうじょ》としてのほこりを忘《わす》れないこと
2. 正《ただ》しいことをつらぬくこと
3. おたがいを信《しん》じ、みとめあうこと
4. こまったことやなやみが生《う》まれたら、わかちあうこと
5. 友《とも》のピンチにはかけつけること
6. 自分《じぶん》らしく、おしゃれをすること
7. 動物《どうぶつ》には愛情《あいじょう》をそそぎ、力《ちから》をつくして守《まも》ること

仲間《なかま》と
出会《であ》って
運命《うんめい》が
動《うご》きはじめたの！
ジャミンタ姫《ひめ》
ルル姫《ひめ》
ロザリンド姫《ひめ》
ナッティ姫《ひめ》
サマー姫《ひめ》

内気《うちき》な
ティアラの
新学期《しんがっき》

原作 ポーラ・ハリソン
企画・構成 チーム151E☆

学研

今回《こんかい》は、王女《おうじょ》さまの学園《がくえん》で
ルームメイトとくらすお話《はなし》……！

バラス島《とう》のエラ姫《ひめ》

チャームポイント

カールが
ゆるくかかった
ふんわりヘア

よび名《な》

本名《ほんみょう》は「ペトロネラ」
だけど、短《みじか》くして
「エラ」と
よばれている

小指《こゆび》のジュエル

黄色《きいろ》いイエロー・
ダイヤモンド

性格《せいかく》

内気《うちき》で、おっとり。
自分《じぶん》では
わかってないけど
うっかりさん

好《す》きな場所《ばしょ》

海《うみ》

育《そだ》った国《くに》

海《うみ》にうかぶバラス島《とう》。
のんびりした時間《じかん》が
流《なが》れている

なやみ

両親《りょうしん》と別《べつ》べつに
くらすのが
さびしくて不安《ふあん》

家族《かぞく》

お父《とう》さま…
ジョージ王《おう》
お母《かあ》さま…
ジェイド王妃《おうひ》

にが手《て》なこと

人《ひと》ともめたり、
いいかえしたり
すること

ペット

バラス島《とう》では
犬《いぬ》をかっていた

ミラニア王国《おうこく》の
サマー姫《ひめ》
センスばつぐん。
おしゃれで
やさしい

リッディングランド王国《おうこく》の
ナッティ姫《ひめ》
元気《げんき》いっぱいで、
だれとでもすぐに
仲《なか》よくなれる

ダルビア王国《おうこく》の
ロザリンド姫《ひめ》
親切《しんせつ》で、しっかりもの。
なぞときが大好《だいす》き

そのほかの登場人物《とうじょうじんぶつ》

モリー姫《ひめ》

シーホースの
塔《とう》をしきる
リーダー

エグリー先生《せんせい》

王室《おうしつ》マナーの
授業《じゅぎょう》を担当《たんとう》する

ゴールドウィン学園長《がくえんちょう》

ロイヤル・
アカデミーの
学園長先生《がくえんちょうせんせい》

ジェイド王妃《おうひ》

エラ姫《ひめ》の
お母《かあ》さま

ジョージ王《おう》

エラ姫《ひめ》の
お父《とう》さま

今《いま》までだれかに
やってもらったり

あまえるのが
あたりまえでいた。
でもね…

これからはもっと
自分《じぶん》の力《ちから》で
こなせるように

ならなくちゃ…。

Royal Academy
ロイヤル・
アカデミー

内気《うちき》な ティアラの 新学期《しんがっき》

内気《うちき》なティアラの新学期《しんがっき》

もくじ

1

ロイヤル・アカデミー

　ここは、おとぎの世界《せかい》に古《ふる》くからある国《くに》、リッディングランド王国《おうこく》です。

　海《うみ》ぞいの道《みち》を走《はし》る車《くるま》にのっているのは、不安《ふあん》そうなひとみの女《おんな》の子《こ》。

　南《みなみ》の海《うみ》のバラス島《とう》から、長《なが》い船旅《ふなたび》をしてやってきた王女《おうじょ》さま、エラ姫《ひめ》です。

（いよいよ、ロイヤル・アカデミーに着《つ》くのね……知《し》らない国《くに》でくらすなんて、ああ、どうしよう……）

ロイヤル・アカデミーというのは、王女《おうじょ》さまだけが入学《にゅうがく》できる、特別《とくべつ》な学園《がくえん》。

ヒアベル城《じょう》というかつてのお城《しろ》を利用《りよう》した、ロマンチックな校舎《こうしゃ》と、全校生徒《ぜんこうせいと》が参加《さんか》する行事《ぎょうじ》〝ティータイム・ピクニック〟が有名《ゆうめい》な、名門女子校《めいもんじょしこう》です。

王女《おうじょ》さまたちは、世界《せかい》じゅうの国《くに》からヒアベル城《じょう》へひっこしてきて、塔《とう》にあるお部屋《へや》でルームメイトとくらしながら、お勉強《べんきょう》にはげみます。

エラ姫《ひめ》はひとりっ子《こ》なので、同世代《どうせだい》の子《こ》と生活《せいかつ》するのが生《う》まれてはじめて。

きんちょうしていると、お母《かあ》さまであるジェイド王妃《おうひ》が顔《かお》をのぞきこみました。

「あら、エラちゃん？　顔色《かおいろ》がわるいみたいね……車《くるま》からおりましょうか？」

車《くるま》をとめてもらって外《そと》へ出《で》ると、エラ姫《ひめ》はちいさく息《いき》をすいこみます。

やっぱり心細《こころぼそ》いわ…。

ジョージ王《おう》
（お父《とう》さま）

ジェイド王妃《おうひ》
（お母《かあ》さま）

エラ姫《ひめ》

わたし、
やっていける
かしら…。

「ねえ、エラちゃん。学園《がくえん》は楽《たの》しいところよ。海《うみ》のみえる野《の》原《はら》をお散歩《さんぽ》したり、ためになる〝王室《おうしつ》マナー〟の授業《じゅぎょう》をうけたり……ああ、すてきな思《おも》い出《で》だわ……」

そう。お母《かあ》さまも、むかしは、ロイヤル・アカデミーの生徒《せいと》だったのです。

制服《せいふく》すがたのエラ姫《ひめ》をうれしそうにながめ、やさしくかたをだき、学園《がくえん》でどんなにすばらしい年月《としつき》をすごしたか、うっとりと話《はな》しはじめるお母《かあ》さま。

でも、ヒアベル城《じょう》をみつめるエラ姫《ひめ》の耳《みみ》には、あまり入《はい》ってきませんでした。

それよりも、自分《じぶん》がこんな時期《じき》に到着《とうちゃく》することのほうが気《き》になっているのです。

(せめて、ほかの新入生《しんにゅうせい》とおなじ日《ひ》に、入学《にゅうがく》したかったのに)

ここまで長《なが》い長《なが》い船《ふね》の旅《たび》をして、ついてきてくれた両親《りょうしん》にはいえませんが……。

お父《とう》さまであるジョージ王《おう》の、バラス島《とう》でのお仕事《しごと》がたてこんでいて、家族三人《かぞくさんにん》でそろってくるには、用事《ようじ》が片《かた》づくのを待《ま》たなくてはなりませんでした。
結局《けっきょく》、エラ姫《ひめ》は入学式《にゅうがくしき》に出《で》られず、二週間《にしゅうかん》おくれて新入生《しんにゅうせい》となったのです。

ふたたび車《くるま》へのりこむと、ロイヤル・アカデミーの門《もん》をくぐって、ヒトデや帆《ほ》のついた船《ふね》など、海《うみ》べの学園《がくえん》らしい形《かたち》にかりこまれた木《き》ぎの間《あいだ》を進《すす》みます。
エントランスのまえでは、背《せ》の高《たか》い女《おんな》の人《ひと》が待《ま》っていました。

「ようこそ、ペトロネラ姫《ひめ》。学園長《がくえんちょう》のゴールドウィンです」

おだやかにほほえむ学園長《がくえんちょう》先生《せんせい》と
きんちょうしながらも
あくしゅをかわしました。

「ペトロネラ」というのは、エラ姫《ひめ》の正式《せいしき》な名前《なまえ》ですが、長《なが》いので、ふだんは両親《りょうしん》にも「エラ」とよばれていることを、おつたえします。

「学園長先生《がくえんちょうせんせい》にも〃エラ〃とよんでいただけたら、うれしいです」

「〃エラ姫《ひめ》〃というのもすてきなよび名《な》ですね。どうぞ中《なか》へお入《はい》りください」

ちょうこくのほどこされた重《おも》そうな木《き》のドアがひらき、広《ひろ》びろしたホールへいくと、まえを歩《ある》いていたゴールドウィン学園長《がくえんちょう》がふりかえりました。

「そうそう。お部屋《へや》はね、先《さき》に入学《にゅうがく》している三人《さんにん》の新入生《しんにゅうせい》といっしょですよ」

いよいよはじまる学園生活《がくえんせいかつ》に、ぴりっとはりつめた気持《きも》ちになったとき。

「はじめまして。
ルームメイトのロザリンドです」

ブルーのひとみと、金色《きんいろ》のショートヘアの美《うつく》しい王女《おうじょ》さまがあらわれました。
スカートをつまみ、ひざを曲《ま》げて、あいさつしています。

ダルビア王国《おうこく》のロザリンド姫《ひめ》

「ロザリンド姫《ひめ》、こちらはエラ姫《ひめ》です。お部屋《へや》へ案内《あんない》してあげてください」

ゴールドウィン学園長《がくえんちょう》のお願《ねが》いに、ロザリンド姫《ひめ》がにっこりうなずきました。

「はい。お部屋《へや》だけでなく、学園《がくえん》じゅうを案内《あんない》いたしましょう！」

（わあ、かしこそうで、はきはきした王女《おうじょ》さま……）

おなじお部屋《へや》のルームメイト、ということは、この子《こ》も新入生《しんにゅうせい》のはずですが、しっかりしていて、大人《おとな》っぽくて、自分《じぶん》とは全然《ぜんぜん》ちがいます。

「エラちゃん、それじゃあね。実《みの》りある学園生活《がくえんせいかつ》をおくるのよ」

ひとみをゆらすお母《かあ》さまとお父《とう》さまに、ぎゅうっとだきしめられたエラ姫《ひめ》。

ふたりを心配《しんぱい》させないように、せいいっぱいの笑顔《えがお》をとりつくろいました。

「ありがとう、お母《かあ》さま、お父《とう》さま……お手紙《てがみ》、待《ま》っているわ」

今《いま》までは両親《りょうしん》やお城《しろ》の人《ひと》びとに守《まも》られ、不自由《ふじゆう》のない毎日《まいにち》をおくってきました。

でも、きょうからは、この学園《がくえん》でほかの王女《おうじょ》さまとの生活《せいかつ》がはじまるのです。

（バラス島《とう》の王女《おうじょ》として、自分《じぶん》のことは自分《じぶん》でやれるようにならなくちゃ……）

かたい表情《ひょうじょう》のエラ姫《ひめ》を、ロザリンド姫《ひめ》が、きらきらした目《め》でのぞきこみます。

「エラ姫《ひめ》、いきましょうか。わたしたちのお部屋《へや》は、シーホース（タツノオトシゴのこと）の塔《とう》にあるのよ」

両親《りょうしん》がみまもる中《なか》、エラ姫《ひめ》は、おそるおそる新《あたら》しい世界《せかい》へふみだしたのでした。

2

シーホースの塔《とう》

ホールから階段《かいだん》をのぼると、そこはおおきなかねのあるバルコニーでした。

「かねが三回《さんかい》鳴《な》ったらお食事《しょくじ》の時間《じかん》よ」

そのままロザリンド姫《ひめ》に案内《あんない》され、シーホースの塔《とう》へとつづく、貝《かい》がらのあしらわれたドアをくぐります。

波《なみ》もようのろうかを進《すす》むと、まるで海《うみ》の中《なか》にいるような気分《きぶん》。

「ここが、わたしたちのお部屋《へや》よ」

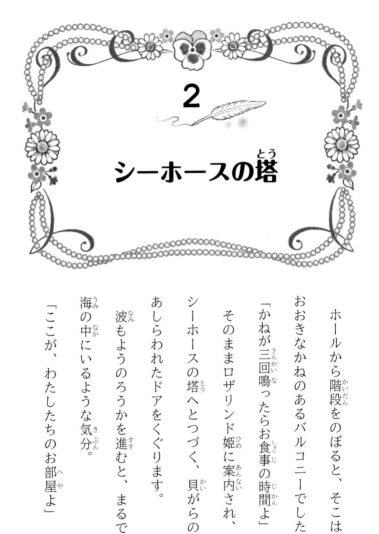

「こんにちは！
わたしナッティよ」
リッディングランド王国《おうこく》
のナッティ姫《ひめ》
ミラニア王国《おうこく》の
サマー姫《ひめ》

ドアがあくと、くるんと巻《ま》いた髪《かみ》の女《おんな》の子《こ》が、元気《げんき》にかけよってきました。

この国《くに》、リッディングランド王国《おうこく》の王女《おうじょ》さま、ナッティ姫《ひめ》です。

もうひとりの、長《なが》い金色《きんいろ》の髪《かみ》の女《おんな》の子《こ》は、ミラニア王国《おうこく》のサマー姫《ひめ》。


「はじめまして。バラス島《とう》からきたエラといいます。よろしくお願《ねが》いします」

エラ姫《ひめ》もドキドキしながらあいさつすると、サマー姫《ひめ》がいいました。

「今《いま》はね、わたしとナッティ姫《ひめ》が、ベッドの上《うえ》の段《だん》を使《つか》わせてもらっているけれど、そのままでもいいかしら？　かわったほうがよければ、いってね」

ほかの王女《おうじょ》さまたちも、次《つぎ》つぎに話《はな》しかけてきます。

「ねえ、学園《がくえん》を案内《あんない》してあげる。音楽室《おんがくしつ》にお庭《にわ》に……動物小屋《どうぶつごや》もみてほしいな」

「ナッティ姫《ひめ》ったら！　エラ姫《ひめ》を案内《あんない》するのは、わ・た・し、ロザリンドの役目《やくめ》なのよ。ゴールドウィン学園長《がくえんちょう》に、直接《ちょくせつ》たのまれたんだから」

「ええ〜ずるいよ。みんなで案内《あんない》しようよ。ね、いいでしょ？　エラ姫《ひめ》」

気《き》をつかわずにいいあっているルームメイトたちは、仲《なか》のいい姉妹《しまい》のよう。

（こんなにうちとけあって、すてきだわ……わたしも入《い》れてもらえるかしら）

思《おも》ったことをすぐ口《くち》に出《だ》せるタイプではない、内気《うちき》なエラ姫《ひめ》は、物語《ものがたり》に出《で》てくるような、信《しん》らいしあって、なんでもいいあえる友情《ゆうじょう》に、あこがれていました。

そのとき、あいていたまどから、一羽《いちわ》のオウムがとびこんできました。

オウムは、サマー姫《ひめ》のかたにとまると、おおきな羽《はね》をそっととじ、ビー玉《だま》のような目《め》をくるんと、エラ姫《ひめ》のほうへ向《む》けます。

「なついているのね。サマー姫《ひめ》のオウムなの?」

「ええ。わたしの国《くに》からつれてきた子《こ》で〝カンガ〟という名前《なまえ》よ。お部屋《へや》にきたらだめって、教《おし》えているんだけど……なかなか、わかってくれなくて」

ロイヤル・アカデミーでは「鳥《とり》は〝鳥《とり》の家《いえ》〟にいること」というのが決《き》まり。〝校則《こうそく》〟といって、生徒《せいと》の守《まも》らなくてはいけないルールなのだそう。

「でもね、カンガは、学園《がくえん》にくるまえは、お城《しろ》や森《もり》を自由《じゆう》にとびまわっていたから、鳥《とり》の家《いえ》でおとなしくしているのが、あまり好《す》きじゃないみたいなの」

そのときバタン、と、どこかのお部屋《へや》のドアが、しまる音《おと》がきこえました。

ロザリンド姫《ひめ》の表情《ひょうじょう》が、さっとけわしくなります。

「今《いま》の音《おと》！　またチェックしにくるんじゃないかしら……」

サマー姫《ひめ》があわててまどへかけよって、カンガをとびたたせたとたん、ノックもなしにガチャッとドアがひらき、ツカツカと、女《おんな》の子《こ》が入《はい》ってきました。

「ちょっと！　また鳥《とり》をお部屋《へや》に入《い》れたわね。校則違反《こうそくいはん》よ！」

やたらとえらそうな態度《たいど》のこの女《おんな》の子《こ》は、色《いろ》のちがう制服《せいふく》を着《き》ているので、上級生《じょうきゅうせい》なのでしょう。

「校則《こうそく》をお忘《わす》れかしら？　中《なか》へ入《い》れていいのはネコと犬《いぬ》だけ。鳥《とり》は禁止《きんし》よ！」

「カンガのことですか、モリー先《せん》ぱい。ここにはいません。確《たし》かめてください」

モリー姫《ひめ》

ナッティ姫《ひめ》がこたえると、上級生《じょうきゅうせい》は部屋《へや》じゅうをじろじろとみまわしました。

「……ふん！　まあ、いいわ。とにかく、校則違反《こうそくいはん》は絶対《ぜったい》ゆるさないからね！」

カンガがみあたらなかったので、ばつがわるいのか、上級生《じょうきゅうせい》はエラ姫《ひめ》をちらっとにらみつけてから、声《こえ》もかけずに出《で》ていきます。

「今《いま》の上級生《じょうきゅうせい》が、このシーホースの塔《とう》のリーダー、モリー先《せん》ぱいよ」

「ほかの塔《とう》のリーダーはやさしいかただけど、モリー先《せん》ぱいは、きびしいのよね。

……ところでエラ姫《ひめ》は、どんな動物《どうぶつ》をつれてきたの？」

サマー姫《ひめ》にたずねられますが、エラ姫《ひめ》はなんの話《はなし》だかわかりません。

「動物《どうぶつ》？　わたし、つれてきていないわ。母《はは》からも何《なに》もきいていないし……」

ナッティ姫《ひめ》が「え!?」とおどろいた顔《かお》をしたあと、教《おし》えてくれました。

「どの王女《おうじょ》も、自分《じぶん》の国《くに》から動物《どうぶつ》を一《いっ》ぴきつれてきていいことになっているのよ。それが、ロイヤル・アカデミーのみりょく的《てき》なところなのに」

サマー姫《ひめ》は、先《さき》ほどのオウムの〝カンガ〟、ロザリンド姫《ひめ》は〝フラッフ〟という名前《なまえ》のハムスター、ナッティ姫《ひめ》は〝ストロベリー〟という名前《なまえ》のポニーをつれてきたそうです。

さらに、毎月一回《まいつきいっかい》ある、名物行事《めいぶつぎょうじ》〝ティータイム・ピクニック〟には、自分《じぶん》のパートナーの動物《どうぶつ》もいっしょに参加《さんか》していいのだそう。

学園《がくえん》のしき地《ち》にある、海《うみ》をのぞむ、やわらかなしばふの広場《ひろば》。

全校生徒《ぜんこうせいと》が集《あつ》まり、動物《どうぶつ》たちも小屋《こや》から出《で》て、自由《じゆう》にかけまわります。

青空《あおぞら》のもと、お食事《しょくじ》や紅茶《こうちゃ》をいただきながら、動物《どうぶつ》とすごせるなんて！


（お母《かあ》さまがいたころは、動物《どうぶつ》をつれてきてもいい決《き》まりはなかったのかしら。

知《し》っていたら、バラス島《とう》から、子犬《こいぬ》の〝セサミ〟をつれてきたかったのに……）

エラ姫《ひめ》がしゅんとしていると、ひとりの生徒《せいと》がお部屋《へや》へ知《し》らせにきました。

「みなさん。一階《いっかい》に、ご両親《りょうしん》からのお手紙《てがみ》や、こづつみがとどいていますよ～」

三人《さんにん》のルームメイトたちはうれしそうに、立《た》ちあがります。

「エラ姫《ひめ》、ちょっと待《ま》っていてね？　わたしたち、すぐもどるから！」

ロザリンド姫《ひめ》たちをみおくると……エラ姫《ひめ》は、ふうっと息《いき》をはきだしました。

(次《つぎ》から次《つぎ》へいろんなことが起《お》きて、ロイヤル・アカデミーっていそがしいわ)

おない年《どし》の王女《おうじょ》さまたちとすごせるのはうれしいけれど、自分《じぶん》だけのおっとりペースでくらしていたときとは、ずいぶん調子《ちょうし》がちがって、とまどいます。

なにげなく、まどの外《そと》の海《うみ》に目《め》をやると……わあ！

お日《ひ》さまの光《ひかり》が、きらきら光《ひか》って、波間《なみま》でダンスしているみたいです。

ぼんやりながめていたら、いつのまにかロザリンド姫《ひめ》がもどってきていました。

「エラ姫《ひめ》！　わたしたち三人《さんにん》から、サ・プ・ラ・イ・ズがあるの。ついてきて！」

3

サプライズ

さあ、今度《こんど》は何《なに》が起《お》こるのでしょう。階段《かいだん》をひとつおりると、先《さき》ほど通《とお》った、おおきなかねのあるバルコニー。

もうひとつおりると、一階《いっかい》です。

「みて。〝国王《こくおう》の間《ま》〟よ。ヒアベル城《じょう》の王《おう》さまが使《つか》っていた広間《ひろま》なの」

ロザリンド姫《ひめ》の視線《しせん》の先《さき》には、むらさき色《いろ》のかんむりがえがかれた、りっぱなドアがありました。

「今《いま》は〝王室《おうしつ》マナー〟の授業《じゅぎょう》のときに、教室《きょうしつ》として使《つか》っているのよ」

（〝王室《おうしつ》マナー〟って……お母《かあ》さまの思《おも》い出《で》の授業《じゅぎょう》だわ！　今《いま》もあるのね）

エラ姫《ひめ》は興味《きょうみ》しんしんで〝国王《こくおう》の間《ま》〟のドアをみつめます。

「あとでほかの教室《きょうしつ》も、ちゃんと案内《あんない》するわ。今《いま》はサ・プ・ラ・イ・ズ・が先《さき》よ！」

ロザリンド姫《ひめ》に手《て》をひっぱられて外《そと》へ出《で》ると、ふたりはお庭《にわ》を横《よこ》ぎりました。

「ねえ、どこまでいくの？」

エラ姫《ひめ》がたずねても、ロザリンド姫《ひめ》はにやりとするだけ。

「もうすぐわかるわ。きっと気《き》に入《い》ると思《おも》うの」

温室《おんしつ》のまえを走《はし》りぬけると、木《き》でできた、細長《ほそなが》い、おおきな小屋《こや》がみえました。

入《い》り口《ぐち》で、ナッティ姫《ひめ》とサマー姫《ひめ》が手《て》をふっています。

「エラ姫《ひめ》、早《はや》く、早《はや》く！　ここが動物小屋《どうぶつごや》よ」

三人《さんにん》に背中《せなか》をおされて、暗《くら》い小屋《こや》へ入《はい》ると、干《ほ》し草《くさ》のかおりにつつまれました。

明《あ》かりをつけると、すぐそばのかこいの中《なか》に子《こ》ヒツジがいて、びっくり！

おくのかこいには、ニワトリやおおきなヒツジもいるようです。

その向《む》かいには、ちいさなケージもならんでいて、モルモットが顔《かお》を出《だ》していたり、ハムスターやスナネズミが動《うご》きまわっていました。

「こんにちは。きょう、到着《とうちゃく》されたエラ姫《ひめ》でしょうか？」

レベッカ

声《こえ》をかけて入《はい》ってきたのは、デニムにブーツをはいた女《おんな》の人《ひと》。
「小屋《こや》の手入《てい》れを担当《たんとう》している、レベッカといいます。ここでは、たくさんの動《どう》物《ぶつ》がくらしているんですよ。エラ姫《ひめ》は、動物《どうぶつ》をつれていらっしゃいましたか？」
レベッカさんにたずねられ……エラ姫《ひめ》は、しょんぼりと首《くび》を横《よこ》にふりました。
すると、その様子《ようす》に気《き》づいたロザリンド姫《ひめ》が、にいっと笑《わら》っていったのです。

「いい知《し》らせを発表《はっぴょう》するわ。エラ姫《ひめ》にパートナーの動物《どうぶつ》がいないことを、学園長《がくえんちょう》に相談《そうだん》したの。そうしたらね、学園《がくえん》で生《う》まれたウサギの赤《あか》ちゃんを育《そだ》てていいって！」

「どう？　おどろいた？　このアイディアを思《おも》いついたのはロザリンド姫《ひめ》、学園《がくえん》長《ちょう》をみつけたのはサマー姫《ひめ》、お願《ねが》いしたのはわたし、ナッティよ」

なんてすばらしいチームワークなのでしょう。

「サプライズ・・・・って、ウサギのことだったのね！　みんな、ありがとう」

馬《うま》にえさをあげにいくレベッカさんを、みおくった四人《よにん》は、ロザリンド姫《ひめ》の案《あん》内《ない》で、小屋《こや》のおくへ仲《なか》よくスキップで進《すす》んでいきました。

「かわいいでしょ？」　**「お昼《ひる》ねちゅうね」**　**「このケージよ」**

ケージをのぞきこんで、はしゃぐロザリンド姫《ひめ》たちの声《こえ》に、赤《あか》ちゃんウサギが目《め》をさましました。

「この子《こ》たち、三週間《さんしゅうかん》まえに、生《う》まれたばかりなんですって。どの子《こ》がいい？」

指先《ゆびさき》でそうっとさわると、毛《け》がやわらかくて、体《からだ》があたたかいのがわかります。

ハチミツ色《いろ》の毛《け》をした赤《あか》ちゃんが、ピンク色《いろ》の鼻《はな》をクンクンさせて、エラ姫《ひめ》のほうをみあげています。

「わたし、この子《こ》に決《き》めた！　名前《なまえ》は……〝メルメル〟にするわ」

エラ姫《ひめ》が、メルメルのふわふわの背中《せなか》をなで、ほおをすりよせていると……モリー先《せん》ぱいがおこった顔《かお》をして、小屋《こや》へ入《はい》ってきました。

「ちょっと！　ディナーを知《し》らせるかねがきこえなかったの？　あなたがたがこないから、リーダーであるわたしが、さがしにこなくてはいけなくなったのよ」


モリー先《せん》ぱいは四人《よにん》をじろじろとながめ、エラ姫《ひめ》に視線《しせん》をとめます。

「あなた！　何《なに》やってるの？　勝手《かって》にウサギの赤《あか》ちゃんにさわっては、だめじゃないの。まだだれも許可《きょか》されていないんだから、ルールを破《やぶ》らないで！」

「モリー先《せん》ぱい。わたしたち、ゴールドウィン学園長《がくえんちょう》に、ちゃんと許可《きょか》をいただいています。この赤《あか》ちゃんウサギのお世話係《せわがかり》は、先《さき》ほどエラ姫《ひめ》に決《き》まりました」

勇気《ゆうき》あるロザリンド姫《ひめ》がいってくれましたが、モリー先《せん》ぱいは、鼻《はな》で笑《わら》います。

「ふふん！　かわいそうなウサギだこと。どうせ、お世話《せわ》のしかたさえ、知《し》らないんでしょう？　あなたのだきかた、正《ただ》しくないもの」

きついいいかたでショックですが、お世話《せわ》のしかたを知《し》らないのも事実《じじつ》でした。

「あの……わたし、今《いま》までウサギを育《そだ》てたことがないんです」

エラ姫《ひめ》は、モリー先《せん》ぱいと仲《なか》よくなりたい一心《いっしん》で、近《ちか》づいていきます。

「だいじにお世話《せわ》しますから……だきかたのお手本《てほん》をみせてくださいませんか？」

メルメルがうでの中《なか》でバタバタあばれて、とびだしそうになりました。

「だいじょうぶだからね」と手《て》もとに気《き》をとられたとたん、足《あし》が干《ほ》し草《くさ》にひっかかってバランスをくずし……あっ！

どんっと勢《いきお》いよく、モリー先《せん》ぱいに、体《たい》あたりしてしまったのです。
エラ姫《ひめ》におされた先《せん》ぱいは、よろめいたひょうしに
足《あし》でバケツをけって、ジャバアアアアッ。
こぼれた水《みず》で、つるりん！
「うきゃあ」
先《せん》ぱいは、ぬかるんだゆかへ、みっとも
なく、しりもちをついてしまいました。
きれいにふくらんでいたスカートも、ペチ
コートも、干《ほ》し草《くさ》とどろで、べっちょべちょ。

「あらら！　どうしましょう……だいじょうぶですか？」

おろおろするエラ姫《ひめ》にかわり、ナッティ姫《ひめ》が先《せん》ぱいを起《お》こそうとしますが……。

さしだした手《て》は無視《むし》され、先《せん》ぱいはよろけながらも自力《じりき》で立《た》ちあがりました。


「よくも、こんな目《め》に……！

エラ姫《ひめ》！　全部《ぜんぶ》、あなたのせいよ！」


あわてて「ごめんなさい」とあやまりますが、先《せん》ぱいはかたをふるわせます。

そして、小屋《こや》を出《で》る間《ま》ぎわ、さらにおそろしい言葉《ことば》を投《な》げつけてきたのです。

「おぼえてらっしゃい！　わたしはリーダーよ。なんでもできるんだから！」

（うそ……どうして？　こんなにおこられるなんて……）

エラ姫《ひめ》は真《ま》っ青《さお》になって立《た》ちつくしますが、ロザリンド姫《ひめ》は納得《なっとく》いかない様子《ようす》。

「モリー先《せん》ぱいにしかえしされるまえに、ゴールドウィン学園長《がくえんちょう》にいいましょう」

「だめだって。いいつけたら、もっとひどいしかえしをされるだけだよ」

ナッティ姫《ひめ》のいうとおりかもしれません。

「だいじょうぶよ、エラ姫《ひめ》。失敗《しっぱい》はだれにでもあるわ、落《お》ちこまないでね」

サマー姫《ひめ》が、背中《せなか》をぽんとして、なぐさめてくれましたが……。

この先《さき》うまくやれるのか、エラ姫《ひめ》のむねは、いやな予感《よかん》でいっぱいでした。

4

新学期《しんがっき》

次《つぎ》の日《ひ》から、エラ姫《ひめ》のロイヤル・アカデミーでの新学期《しんがっき》がはじまりました。

早《はや》く生活《せいかつ》になれたくてがんばります。

（一日《いちにち》めからいきなり大失敗《だいしっぱい》をしてしまったのだから、これ以上《いじょう》、ドジをしないように気《き》をつけよう）

食事《しょくじ》を知《し》らせるかねの合図《あいず》や、電気《でんき》の消《き》える、夜《よる》の消灯時間《しょうとうじかん》……のんびりしたバラス島《とう》の毎日《まいにち》とは大《おお》ちがいです。

はじめての授業《じゅぎょう》にも出席《しゅっせき》しました。

音楽《おんがく》や美術《びじゅつ》、科学《かがく》の実験《じっけん》……お勉強《べんきょう》はおもしろく、どの先生《せんせい》も好《す》きです。

でも、ペースがはやく、エラ姫《ひめ》には、ついていくのが、かんたんではありませんでした。

ふうっ……。

授業《じゅぎょう》がおわると、息《いき》をはきだします。

ほかの王女《おうじょ》さまたちは、問題《もんだい》なくこなしているようにみえるのですが……。

実《じつ》はエラ姫《ひめ》には、この数日間《すうじつかん》で、気《き》づいたことがあったのです。
バラス島《とう》のお城《しろ》で、両親《りょうしん》やお城《しろ》の人《ひと》びとに守《まも》られ、のんびりくらしていたときには、意識《いしき》していませんでしたが……。

何《なに》をするにも、わたしはみんなより少《すこ》し
スピードがおそいような気《き》がするの

ぼんやりしていると、あっというまにおいていかれそうです。

もうひとつ、エラ姫《ひめ》がくろうしているのは〝王室《おうしつ》マナー〟の授業《じゅぎょう》です。

むらさき色《いろ》のかんむりのついた〝国王《こくおう》の間《ま》〟のドアの向《む》こうには、広《ひろ》びろとしたお部屋《へや》があり、おくに、金色《きんいろ》にかがやくおおきないすがおかれていました。

むかし王《おう》さまがすわっていた特別《とくべつ》ないすで〝玉座《ぎょくざ》〟というものです。

エラ姫《ひめ》はごうかなこの教室《きょうしつ》が大好《だいす》きになり、ひざを曲《ま》げる正式《せいしき》なおじぎの練習《れんしゅう》をしたり、王族《おうぞく》としてのふるまいを学《まな》ぶ授業《じゅぎょう》を、楽《たの》しみにしていたのですが……。

「全然《ぜんぜん》だめです、エラ姫《ひめ》！」

おじぎのしかたがなっていません！
ほらほら
ティアラがぐらぐらしては王女《おうじょ》失格《しっかく》ですよ！
エグリー先生《せんせい》

毎回《まいかい》、クラス全員《ぜんいん》のまえでしかられるうちに、
この授業《じゅぎょう》を担当《たんとう》するエグリー先生《せんせい》が、にが手《て》になってしまいました。

「気《き》にしないほうがいいわ。エグリー先生《せんせい》は、ちょっと神経質《しんけいしつ》なだけだから」

お部屋《へや》にもどると、みんながなぐさめてくれますが、みじめな気持《きも》ちです。


授業《じゅぎょう》がいそがしくても、動物小屋《どうぶつごや》へは、朝晩二回《あさばんにかい》いくようにといわれています。

朝《あさ》がくると、ベッドを出《で》たしゅんかんから、すばやく行動《こうどう》するようにつとめ、どうにか時間《じかん》をつくり、メルメルに会《あ》いにいこうとするのですが……。

「ろうかのふきそうじをして」「お部屋《へや》のほこりとりは、もうおわったの？」

モリー先《せん》ぱいが、四人《よにん》をつかまえては、次《つぎ》つぎに命令《めいれい》をしてくるのです。

（まずいわ。きのうもきょうも、みんな、動物《どうぶつ》たちのお世話《せわ》ができていない……）

モリー先《せん》ぱいがいいつけてくるのは、今《いま》までやったことのない作業《さぎょう》ばかり。

なかなか手《て》ぎわよく進《すす》みません。

せっかくレベッカさんに、赤《あか》ちゃんウサギに必要《ひつよう》な食《た》べものや、小屋《こや》のおそうじを教《おし》えてもらったのに……動物小屋《どうぶつごや》へいくひまがないのです。


「そうじはできません！　きょうこそ動物《どうぶつ》のお世話《せわ》をしたいので」

次《つぎ》の日《ひ》、勇気《ゆうき》を出《だ》して、モリー先《せん》ぱいのいいつけをことわったエラ姫《ひめ》は、ぎろりとした目《め》で、にらみつけられました。

「そうねえ、動物《どうぶつ》がみたいわよねえ？　ほほ。でも、やることをおえてからね」

先《せん》ぱいは「動物《どうぶつ》より、リーダー命令優先《めいれいゆうせん》だから！」と、高《たか》らかに笑《わら》います。

「このままだと、レベッカさんやゴールドウィン学園長《がくえんちょう》にも、お世話《せわ》をさぼっているとと思《おも》われちゃう！　ストロベリーを帰《かえ》すようにいわれたら、どうしよう？」

ナッティ姫《ひめ》がなげきます。

四人《よにん》のお部屋《へや》から、動物小屋《どうぶつごや》へいくには、モリー先《せん》ぱいのお部屋《へや》のまえを通《とお》らないといけないので、気《き》づかれてしまうのが問題《もんだい》でした。

「解決策《かいけつさく》を考《かんが》えましょう。わたしたち『ティアラ会《かい》』は、あきらめないわ！」

ロザリンド姫《ひめ》の言葉《ことば》にぽかんとしていると、ナッティ姫《ひめ》が目《め》をくるん。

「あ～あ、ついにエラ姫《ひめ》のまえで、『ティアラ会《かい》』っていっちゃったね。でも、エラ姫《ひめ》にはひみつを話《はな》していいと思《おも》う。もうわたしたちの〝仲間《なかま》〟だもん」

その日《ひ》、ディナーをすませると、四人《よにん》は一階《いっかい》のあいている教室《きょうしつ》へ集《あつ》まりました。

「モリー先《せん》ぱいにみつからないように、お部屋《へや》の電気《でんき》は消《け》しておくわね」

懐中電灯《かいちゅうでんとう》をちいさくつけると、三人《さんにん》はヒソヒソ声《ごえ》で説明《せつめい》をはじめました。

「大人《おとな》や男《おとこ》の子《こ》たちにはないしょの話《はなし》よ……」とナッティ姫《ひめ》がささやきます。

『ティアラ会《かい》』というのは、選《えら》ばれた王女《おうじょ》さまだけが参加《さんか》できるひみつの会《かい》。ナッティ姫《ひめ》のお姉《ねえ》さまであるユリア姫《ひめ》がはじめた、友情《ゆうじょう》の活動《かつどう》なのだそう。

三人《さんにん》は、ロイヤル・アカデミーにくるまえからティアラ会《かい》の仲間《なかま》で、はなれた国《くに》でくらしながらも、おたがいのピンチには、かならずかけつけてきました。

コアラの赤《あか》ちゃんをかんびょうしたり、夜《よる》の川《かわ》べりで、虹色《にじいろ》のジュエル（宝石《ほうせき》）をすくいあげるという、不思議《ふしぎ》な冒険《ぼうけん》をしたこともあるというのです。

「すごいわ……ほんとうに」

これまでの活《かつ》やくをきいたエラ姫《ひめ》は、三人《さんにん》を尊敬《そんけい》のまなざしでみつめました。

「エラ姫《ひめ》だって、もう仲間《なかま》よ。これは、友情《ゆうじょう》のしるしの、ネイル用《よう》ジュエル」

ロザリンド姫《ひめ》が、ハート形《がた》をした、イエロー・ダイヤモンドをさしだします。

みんなも右手《みぎて》の小指《こゆび》に、ハート形《がた》のジュエルをネイルアートしていました。

「ティアラ会《かい》のお姉《ねえ》さまがたが考《かんが》えだしたの。心《こころ》の通《つう》じあった仲間《なかま》どうしなら、はなれていてもメッセージをつたえあうことができる、魔法《まほう》のジュエルなのよ」

エラ姫《ひめ》が小指《こゆび》にイエロー・ダイヤモンドをネイルアートしてもらうと、ロザリンド姫《ひめ》のブルーのサファイア、ナッティ姫《ひめ》の真《ま》っ赤《か》なルビー、サマー姫《ひめ》のむらさき色《いろ》のアメジストが、それぞれの小指《こゆび》で反応《はんのう》して、きらきらっと光《ひか》りました。

夜《よる》の教室《きょうしつ》での、ひみつの儀式《ぎしき》……ドキドキとジュエルをみつめたとき。

「だれか、そこにいるの？」

ぴかっと教室《きょうしつ》の明《あ》かりがつき、王女《おうじょ》さまたちは、びくっとしました。

5

ティアラ会《かい》のピンチ

エラ姫《ひめ》たちは、さっと小指《こゆび》のジュエルをかくします。

「教室《きょうしつ》へ入《はい》ってくるなら、ノックしてくださいませんか？」

ロザリンド姫《ひめ》が、だれかわからない相手《あいて》にきつい調子《ちょうし》で声《こえ》をかけ、反応《はんのう》をうかがおうとしています。

エラ姫《ひめ》は、モリー先《せん》ぱいかと思《おも》い、おそるおそるふりかえりましたが……、

入《はい》ってきたのは、もっと年上《としうえ》の、五人《ごにん》の上級生《じょうきゅうせい》たちでした。

「あ！　お姉《ねえ》さま」

ナッティ姫《ひめ》が、巻《ま》き髪《がみ》の王女《おうじょ》さまにうれしそうにかけより、

みんなにしょうかいしてくれました。

「安心《あんしん》していいよ。
姉《あね》のユリアと
ティアラ会《かい》のお姉《ねえ》さまがただから」

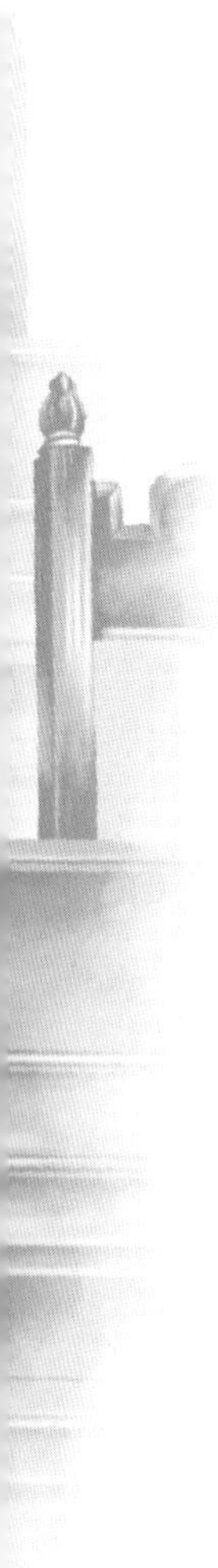

ノーザンランド王国《おうこく》のフレイア姫《ひめ》
オニカ王国《おうこく》のジャミンタ姫《ひめ》
ウィンテリア王国《おうこく》のクララベル姫《ひめ》
ウンダラ王国《おうこく》のルル姫《ひめ》
リッディングランド王国《おうこく》のユリア姫《ひめ》

「……それでね、ちょうど今《いま》、エラ姫《ひめ》が仲間《なかま》にくわわったところよ。あとね……」

ナッティ姫《ひめ》がモリー先《せん》ぱいとのトラブルを話《はな》すと、ロザリンド姫《ひめ》もつづけます。

「だから、わたしたち、みつからずに、うまく塔《とう》をぬけだして、動物小屋《どうぶつごや》へいく作戦《さくせん》を立《た》てようとしているんです」

話《はな》をきいたユリア姫《ひめ》は、はりきっているナッティ姫《ひめ》とは反対《はんたい》に、心配顔《しんぱいがお》です。

「ナッティ。この校舎《こうしゃ》にはね、かくしとびらや、かべのうらの道《みち》があるといわれているの。冒険《ぼうけん》するのはいいけど、まいごにならないように、気《き》をつけるのよ」

黒《くろ》いひとみをしたルル姫《ひめ》も、つづけます。

「お城《しろ》だったころのひみつのしかけが、今《いま》もどこかに残《のこ》っているらしいからね」

ティアラ会《かい》のお姉《ねえ》さまがたは「作戦《さくせん》を実行《じっこう》するときは、くれぐれもしんちょうに」とはげまし、お部屋《へや》のある、サンゴの塔《とう》へもどっていきました。


次《つぎ》の日《ひ》、授業《じゅぎょう》がおわったエラ姫《ひめ》たちは、塔《とう》のお部屋《へや》へと急《いそ》ぎました。

ドアをしめると、ロザリンド姫《ひめ》が本《ほん》をとりだします。

すりきれたページや茶色《ちゃいろ》いしみのある、とても古《ふる》い本《ほん》です。

黒《くろ》い表紙《ひょうし》に金色《きんいろ》の文字《もじ》で〝ひみつの書《しょ》〟と書《か》かれていました。

タルドニアという島《しま》にある、赤《あか》レンガの館《やかた》で、ロザリンド姫《ひめ》たちが、なぞときをしてみつけたものだそう。

「ざっと目《め》を通《とお》したら、作戦《さくせん》にぴったりな内容《ないよう》がのっていたの！」

ロザリンド姫《ひめ》が興奮《こうふん》しながらみせてくれたページには、ひもの先《さき》にくつを結《むす》び、まどの外《そと》にぶらさげている絵《え》がありました。

なるほど、先《せん》ぱいが外《そと》に気《き》をとられているすきに、ろうかを通《とお》りすぎるのです。

「くつより、にせもののハチをぶらさげたほうが、もっと時間《じかん》がかせげるかも！」

エラ姫《ひめ》が、クロゼットから黒《くろ》と黄色《きいろ》のストライプのくつしたを出《だ》してくると、ロザリンド姫《ひめ》たちは「いいアイディアだわ」と賛成《さんせい》してくれました。

作戦《さくせん》をうちあわせているところへ、モリー先《せん》ぱいがやってきたのです。

「あなたがた！　校則違反《こうそくいはん》をしていないか、お部屋《へや》の点検《てんけん》をおこないます。十分《じっぷん》後《ご》にはじめるから、にげださないこと。リーダー命令《めいれい》ですからね！」

今《いま》、動物小屋《どうぶつごや》へいくことをみとめてくれさえすれば、にせもののハチをつくってだますなんて手段《しゅだん》を、選《えら》ばずにすむのですが……。

「お願《ねが》いです！　きょうだけでも、メルメルのお世話《せわ》をする時間《じかん》をください」

エラ姫《ひめ》は、おそれながらも、勇気《ゆうき》を出《だ》してお願《ねが》いしてみます。

「ウサギのことは忘《わす》れなさい！　あなたがたに、自由時間《じゆうじかん》なんてないのよ！」

先《せん》ぱいは、いらいらした声《こえ》でいいはなつと、ドアをバンッとしめました。


「……しかたないわ。作戦決行《さくせんけっこう》よ」

エラ姫《ひめ》たちは、くつしたに紙《かみ》をつめ、ハチをつくりました。
数分後《すうふんご》、まどの外《そと》にとぶ、おおきなハチに気《き》づいたモリー先《せん》ぱいは……、

「ぎゃあぁぁ！　だれかきてぇ！　ハチよ！　おおきなハチがいるのぉお！」

と、大《だい》パニック。
ロザリンド姫《ひめ》がモリー先《せん》ぱいのお部屋《へや》の上《うえ》の階《かい》から、ハチのしかけを動《うご》かしている

間《あいだ》に、エラ姫《ひめ》とナッティ姫《ひめ》、サマー姫《ひめ》は、つま先歩《さきある》きでろうかを進《すす》みます。

ヒタヒタと階段《かいだん》をおり、外《そと》へ出《で》て、庭《にわ》を横《よこ》ぎり……まもなく動物小屋《どうぶつごや》です！

ロザリンド姫《ひめ》も、あとから合流《ごうりゅう》する約束《やくそく》になっています。


ストロベリーの様子《ようす》をみに、馬小屋《うまごや》へ向《む》かったナッティ姫《ひめ》とわかれ、エラ姫《ひめ》はサマー姫《ひめ》といっしょに動物小屋《どうぶつごや》へ走《はし》っていきました。

中《なか》にはレベッカさんのすがたもなく、動物《どうぶつ》たちのなき声《ごえ》だけがきこえています。

メルメルがおなかがすいて弱《よわ》っていないか、ケージがよごれて病気《びょうき》になってないか、心配《しんぱい》しながら、小屋《こや》のおくのケージまで走《はし》っていきます。

「ああ、よかった！　メルメル、元気《げんき》そうね」

メルメルは、エラ姫《ひめ》を待《ま》っていたかのように、立《た》ちあがり、ピンクの鼻《はな》を上《うえ》へ向《む》けてクンクン。

「もう、わたしのこと忘《わす》れちゃったんじゃないかと心配《しんぱい》だったけど……おぼえていてくれたのね！」

「ふふっ。そんなに忘《わす》れんぼうじゃないわよね、メルメル？」

エラ姫《ひめ》とサマー姫《ひめ》はひざをついて、メルメルのハチミツ色《いろ》のふわふわの毛《け》を指先《ゆびさき》でそっとなでました。

メルメルは、鼻《はな》をぴくぴくさせて、うれしそうにはねまわります。

「わたし、ひよこが生《う》まれてないか、ちょっと調《しら》べてくるわ」

サマー姫《ひめ》はニワトリをみに、かこいのほうへいきました。


エラ姫《ひめ》はケージのおそうじを念《ねん》入《い》りにしおえると、干《ほ》し草《くさ》にこしかけ、メルメルをひざにのせて、話《はな》しかけました。

「メルメル、なかなかこられなくて、ごめんね。今《こん》度《ど》、おやつを持《も》ってくるわ。ニンジンは好《す》きかしら？」

すると、メルメルが何《なに》かにおびえるように、耳《みみ》をぴくっと動《うご》かしたのです。

うしろ足《あし》で立《た》ちあがり、空《くう》気《き》のにおいをかいでいます。

「どうしたの、メルメル？」

エラ姫《ひめ》は、メルメルを安心《あんしん》させようとだきあげ、小屋《こや》のまどへ近《ちか》づきました。

外《そと》をみて、さあああっと青《あお》ざめます。

モリー先《せん》ぱいがズカズカと大《おお》またで、お庭《にわ》を横《よこ》ぎってくるではありませんか。

「たいへん！　わたしたちがお部屋《へや》にいないと気《き》づいたんだわ」

あわてて、ニワトリのところにいるサマー姫《ひめ》に知《し》らせます。

「わかった。エラ姫《ひめ》は先《さき》にシーホースの塔《とう》へもどっていて。わたしは、ナッティ姫《ひめ》をよびに、馬小屋《うまごや》へいってくる。お部屋《へや》に集合《しゅうごう》ね！」

サマー姫《ひめ》はてきぱきと指示《しじ》をすると、馬小屋《うまごや》へかけていきました。

エラ姫《ひめ》はすぐに小屋《こや》を出《で》て、そばにあるベンチのかげへかくれます。

息《いき》をとめてそうっとのぞくと、すごい形相《ぎょうそう》をしたモリー先《せん》ぱいは、もう、すぐそこまできています。

(どうか、みつかりませんように……)

心《しん》ぞうをバクバクさせながらしゃがんでいたエラ姫《ひめ》は、自分《じぶん》のうでの中《なか》をみて、はっとしました。

ふわふわした赤《あか》ちゃんウサギが、きょとんと、こちらをみあげています。

(いけない！　わたしったら、小屋《こや》からメルメルをつれてきてしまったわ)

6

息《いき》をひそめて

運《うん》がいいことに、モリー先《せん》ぱいは、ベンチのかげのエラ姫《ひめ》に気《き》づかず、急《いそ》ぎ足《あし》で動物小屋《どうぶつごや》へ入《はい》っていきました。

エラ姫《ひめ》は、小屋《こや》の入《い》り口《ぐち》へ近《ちか》づき、そうっと中《なか》をうかがいます。

モリー先《せん》ぱいは、赤《あか》ちゃんウサギを一《いち》、二《に》……と数《かぞ》えているところでした。

メルメルがいないと気《き》づいたのか、干《ほ》し草《くさ》の上《うえ》へすわり、うでぐみします。

（あれでは、メルメルを、ケージにもどしにいけないわ……）

今《いま》は、メルメルをつれてシーホースの塔《とう》のお部屋《へや》へいき、みんなに相談《そうだん》するほうが、うまくいきそうな気《き》がします。

エラ姫《ひめ》は、いちもくさんに庭《にわ》を横《よこ》ぎり、いけがきのうしろにかくれて、様子《ようす》をうかがうと、次《つぎ》のしゅんかん、さっと、校舎《こうしゃ》のエントランスから中《なか》へ入《はい》りました。

モリー先《せん》ぱいからにげられたと、ほっとしたのもつかの間《ま》。


「まあ、いやだ！　エントランスのドアがあけっぱなしじゃないの！」

エグリー先生《せんせい》のかん高《だか》い声《こえ》が、階段上《かいだんうえ》のバルコニーからきこえてきたのです。

「しめにいかなくては。まったく最近《さいきん》の生徒《せいと》は、だらしないわねぇ」

（まずい……先生《せんせい》がこっちへくるわ）

ネコと犬以外《いぬいがい》を校舎《こうしゃ》へ入《い》れるのは、校則違反《こうそくいはん》です。

メルメルをつれこんだのが、エグリー先生《せんせい》にばれたら……モリー先《せん》ぱいにみつかるよりも、もっと深刻《しんこく》なことになってしまうのです。

（校則《こうそく》を破《やぶ》ったのだから、学園《がくえん》をやめさせられる……！）

おいつめられたエラ姫《ひめ》は、とっさに、いちばん近《ちか》くにあった〝国王《こくおう》の間《ま》〟へ、かけこみました。

広《ひろ》びろとしたお部屋《へや》の中《なか》を、玉座《ぎょくざ》のそばまで走《はし》っていき、かくれるところがないかさがすと……うしろのかべに、とってのついたドアがあるのに気《き》づきました。

（先生《せんせい》がろうかを通《とお》りすぎるまで、このドアの中《なか》へかくれよう！）

とってを力《ちから》いっぱい動《うご》かしますが、かぎがかかっているのか、あきません。

カッカッカッ。

エグリー先生《せんせい》のハイヒールが、石《いし》のろうかをたたく音《おと》がせまってきます。

とにかくかくれなくちゃ、と玉座《ぎょくざ》のかげへしゃがんだとき。

「エグリー先生《せんせい》！　エラ姫《ひめ》が、ウサギを校舎《こうしゃ》へつれこんだかもしれません」

ああ、最悪《さいあく》……入《い》り口《ぐち》のほうからきこえたのは、モリー先《せん》ぱいの声《こえ》です。

「先生《せんせい》。わたくしの管理《かんり》する塔《とう》が、校則違反《こうそくいはん》なんて……ほんとうに残念《ざんねん》です」

エラ姫《ひめ》たちへの口調《くちょう》とはちがい、ていねいに、こまったように話《はな》しています。

「それから、塔《とう》のリーダーとして、エラ姫《ひめ》のつめについても、ご報告《ほうこく》しなくてはなりません。王女《おうじょ》らしくせいけつにすべきなのですが、とてもきたなくて……」

「なんてこと！　伝統《でんとう》あるロイヤル・アカデミーに、あってはならないわ」

エグリー先生《せんせい》が、すぐにエラ姫《ひめ》をつれてくるように、命《めい》じています。


「まあ、ナッティ姫《ひめ》、サマー姫《ひめ》。ろうかを走《はし》ってはいけませんよ！」

やがて、エグリー先生《せんせい》の声《こえ》で、ふたりも校舎《こうしゃ》へもどったとわかりましたが……

エラ姫《ひめ》が国王《こくおう》の間《ま》にかくれているとは気《き》づかずに、足音《あしおと》が遠《とお》ざかっていきます。

きゅうくつなしせいのせいで足《あし》がしびれてきたエラ姫《ひめ》は、気《き》をまぎらわそうと、玉座《ぎょくざ》の背《せ》にほられた、貝《かい》がらのもようをながめました。

ひときわ美《うつく》しくかがやいている、金色《きんいろ》の貝《かい》をみつけ、指《ゆび》でなぞると……スーッ。

（あれ！　今《いま》、貝《かい》が……動《うご》いた？）

ドキドキしながら、もう一度《いちど》さわってみると、貝《かい》が横《よこ》にずれて……カタンッ。

ふりかえると、先《さき》ほど全力《ぜんりょく》でおしてもひいてもあかなかったドアが、ひらいているではありませんか！

金色《きんいろ》の明《あ》かりが、すきまからもれて、じゅうたんを照《て》らします。

（まさかティアラ会《かい》のお姉《ねえ》さまがたがおっしゃっていた〝かくしとびら〟……？）

「国王《こくおう》の間《ま》にいるのはだれです？　すぐに出《で》てきなさい！」

急《きゅう》にろうかからするどい声《こえ》がして、エラ姫《ひめ》はびくっととびあがりました。
あわてて、あいているドアをしめようとしますが、おしても動《うご》きません。
（あ！　もしかして、しめるときも、玉座《ぎょくざ》の貝《かい》を使《つか》うのかしら）
エラ姫《ひめ》は、メルメルをゆかへおき、両手《りょうて》を使《つか》ってえいっと貝《かい》をおしました。
すると、思《おも》ったとおり、ドアがしまったのです。
エグリー先生《せんせい》が、カッカッと、国王《こくおう》の間《ま》へふみこんでくるのがきこえます。

（メルメル、ここでじっとしているのよ）

エラ姫《ひめ》は、玉座《ぎょくざ》のあしをおおっているカバーの中《なか》へ、メルメルをかくし、かくごを決《き》めて立《た》ちあがりました。

「エグリー先生《せんせい》、わたしです。無断《むだん》で国王《こくおう》の間《ま》へ入《はい》り、申《もう》しわけありません」

おじぎをしたエラ姫《ひめ》をみて、エグリー先生《せんせい》がみけんにしわをよせました。

「なんてきたないすがたでしょう。わが学園《がくえん》の生徒《せいと》にふさわしくありませんね」

たしかに何日《なんにち》ぶんものおそうじをしたエプロンは、ひどくよごれています。

「でも先生《せんせい》、これには理由《りゆう》が……」

いいわけしようとするエラ姫《ひめ》に、エグリー先生《せんせい》のまゆがつりあがったとき。

「おかしいですわ、エグリー先生《せんせい》。つれこんだウサギはどこでしょうね？」

意地悪《いじわる》な目《め》つきのモリー先《せん》ぱいが、ツカツカと入《はい》ってきました。

視線《しせん》をさぐろうとするように、エラ姫《ひめ》をじいっとみつめてきます。

（どうか……玉座《ぎょくざ》の下《した》から、メルメルが出《で》てきませんように）

不幸《ふこう》ちゅうのさいわいだったのは、エグリー先生《せんせい》が、エラ姫《ひめ》のつめを確認《かくにん》していて、先《せん》ぱいの言葉《ことば》をあまりきいていなかったことです。

「エラ姫《ひめ》、一日《いちにち》に二十回《にじっかい》はつめを洗《あら》うこと！　そんなきたならしいかっこうで、神聖《しんせい》な国王《こくおう》の間《ま》に無断《むだん》で入《はい》るとは、もってのほか。おしおきをうけていただきます」

エグリー先生《せんせい》がおそろしい判断《はんだん》をくだした、そのとき。

「おしおきなら、動物小屋《どうぶつごや》の干《ほ》し草《くさ》はこびが、ぴったりではありませんか?」

レベッカさんが、国王《こくおう》の間《ま》へ入《はい》ってきました。

モリー先《せん》ぱいは、エラ姫《ひめ》のとんでもない行動《こうどう》の目撃者《もくげきしゃ》がふえたことをよろこんでいるような、勝《か》ちほこった顔《かお》をします。

「いい考《かんが》えね、レベッカ。おしおきは、あなたにまかせます。きびしくね!」

エグリー先生《せんせい》は、そういうと、いそがしそうに国王《こくおう》の間《ま》から出《で》ていきました。

モリー先《せん》ぱいは、まだ国王《こくおう》の間《ま》に残《のこ》って、じろじろとみまわしています。

赤《あか》ちゃんウサギがどこかにいるはずだと、確信《かくしん》しているのかもしれません。

「さあ、モリー姫《ひめ》も、どうぞお部屋《へや》へおもどりくださいな」

レベッカさんにうながされ、先《せん》ぱいはしぶしぶ出《で》ていきました。

それにしても、うっかり小屋《こや》からメルメルをつれてきてしまって、うまくかくれたつもりがみつかって、おしおきまでうけることになるなんて……。

（わたしってだめね……せめてつめぐらい、きれいにしておけばよかった……）

レベッカさんにもしかられるかくごでしたが、意外《いがい》な言葉《ことば》がかけられました。

「エラ姫《ひめ》。先《さき》ほど小屋《こや》でナッティ姫《ひめ》たちにお会《あ》いして、モリー姫《ひめ》のこまった行動《こうどう》のことをうかがったんです。エラ姫《ひめ》は、赤《あか》ちゃんウサギの世話《せわ》をするのがごめんどうなのかと思《おも》っていましたが……ちがったようですね」

そうです。

ナッティ姫《ひめ》とサマー姫《ひめ》が、レベッカさんに説明《せつめい》してくれていたのです！

とはいえ、メルメルを校舎《こうしゃ》の中《なか》までつれてきてしまったことは校則違反《こうそくいはん》。

せっかく事情《じじょう》をわかってくれたレベッカさんを、がっかりさせることになるかもしれませんが、エラ姫《ひめ》は、正直《しょうじき》にうちあけることにしました。

「あの、レベッカさん。実《じつ》は……」

「ああ、心配《しんぱい》しないでください！　干《ほ》し草《くさ》はこびは、あしたでいいですよ。エグリー先生《せんせい》には、絶対《ぜったい》にいいませんから」

かんちがいしているレベッカさんにウインクされて、とまどっていると。

「ここにいたのね！　お部屋《へや》にもどってこないから心配《しんぱい》したわ」

ロザリンド姫《ひめ》たちが、国王《こくおう》の間《ま》へかけこんできました。

入《い》れちがいにレベッカさんは「動物小屋《どうぶつごや》へもどります」と出《で》ていったので、エラ姫《ひめ》は、メルメルのいばしょをうちあけるタイミングをのがしてしまいました。

「メルメル。おとなしくしていて、いい子《こ》だったね。出《で》ておいで」

玉座《ぎょくざ》の下《した》のメルメルを、だきあげようとしたのですが……。

ちいさな赤《あか》ちゃんウサギは、そこから、消《き》えていたのです。

7

消《き》えたメルメル

エラ姫《ひめ》はパニックになって、必死《ひっし》でメルメルをさがします。

（まさか……）

玉座《ぎょくざ》のうしろにあったドアを確《たし》かめると、ほんの少《すこ》しすきまがあいていて、赤《あか》ちゃんウサギなら通《とお》れそう。

「ああ、わたしったら、ドアをちゃんとしめていなかったんだわ……」

すきまから中《なか》をのぞくと。

「お部屋《へや》がある！」

ちいさなお部屋《へや》に、古《ふる》めかしいランタンがぶらさがっています。

先《さき》ほどすきまからもれていた金色《きんいろ》は、このランタンの光《ひかり》だったのです。

玉座《ぎょくざ》の貝《かい》をおして、ドアを全開《ぜんかい》にすると、なぞときが大好《だいす》きというロザリンド姫《ひめ》が、ひとみをかがやかせました。

「すごいわ！　国王《こくおう》の間《ま》のかべのうらに、ひみつの空間《くうかん》を発見《はっけん》するなんて……」

ミステリアスな小部屋《こべや》のおくには、石《いし》の道《みち》がつづいているのがわかります。

メルメルはドアのすきまから、ここへ入《はい》りこみ、おくの石《いし》の道《みち》を進《すす》んでいったのかもしれません。

（やだ、メルメルに何《なに》かあったら、どうしよう……）

わるい想像《そうぞう》が、エラ姫《ひめ》の頭《あたま》にうかび、ぞっとします。
暗《くら》くて、どこへつづいているかもわからない石《いし》の道《みち》。
生《う》まれてまもない赤《あか》ちゃんだというのに、まいごになってしまったのです。
(もしものことがあったら……ここへつれてきた、わたしのせいだわ)
ふるえてきた手《て》を、エラ姫《ひめ》は、ぎゅっとにぎっておさえました。

ボン　ボン　ボーン。
バルコニーでかねが三回鳴《さんかいな》り、だれかがこちらへくる気配《けはい》がしました。
すばやく貝《かい》をもどし、四人《よにん》でドアをかくすように、まえに立《た》ちます。

「のろまさんたち！　ディナーの時間《じかん》だってわからないの？　ホールへ急《いそ》ぎなさい。でないと、まだ国王《こくおう》の間《ま》にいたことを、エグリー先生《せんせい》にいいつけますからね」

うでぐみをしたモリー先《せん》ぱいが、えらそうにつん、とあごをつきだしました。

こうなっては、すぐにメルメルをおうことは、できそうにありません。

心配《しんぱい》そうなエラ姫《ひめ》の手《て》を、ロザリンド姫《ひめ》がとり、そっとささやきます。

「だいじょうぶよ。食事《しょくじ》をすませたら、かならずもどってきましょう」

うわの空《そら》のディナーがおわると、サマー姫《ひめ》が懐中電灯《かいちゅうでんとう》をとってきてくれました。

消灯時間《しょうとうじかん》がせまっていますが、メルメルをさがしに出発《しゅっぱつ》です。

ひみつの貝《かい》をおして、ランタンの小部屋《こべや》へ入《はい》ると、そのまま石《いし》の道《みち》を進《すす》みます。

道《みち》は、思《おも》っていたよりもずっと長《なが》く、左右《さゆう》に曲《ま》がりくねって迷路《めいろ》のようです。

ずいぶん歩《ある》いた四人《よにん》は、足《あし》がとてもつかれてきました。

天井《てんじょう》には、玉座《ぎょくざ》にあったのとおなじような、金色《きんいろ》の貝《かい》がうめこまれています。

「きっと、出口《でぐち》へ向《む》かう、正《ただ》しい道《みち》というしるしよ」

階段《かいだん》をおり、せまくなった道《みち》をいくと、また小部屋《こべや》へ着《つ》きました。

おくにドアがひとつあり、わきのかべには、ウサギがよろこんでくぐりそうな穴《あな》が、あいています。

ドアをあけると……キッチンのとなりの食品庫《しょくひんこ》でした。

コックたちの話《はな》し声《ごえ》や、おなべのガチャガチャぶつかる音《おと》にまじって、ききおぼえのある、ヒステリックな声《こえ》がします。

「わたしのお夜食《やしょく》はまだ？　どれだけ待《ま》たせるのよ。つかれているから、早《はや》くねたいの……急《いそ》いで！」

コックにもんくをいっているのは、エグリー先生《せんせい》です。

お夜食《やしょく》ができあがると、そそくさとワゴンをおし、キッチンを出《で》ていきました。

「まったく。あの先生《せんせい》ときたら、いつもえらそうで、いやだねえ」

お仕事《しごと》をおえたコックたちも不満《ふまん》をもらしながら、電気《でんき》を消《け》し、出《で》ていきます。

エラ姫《ひめ》たちは、しーんとした暗《くら》いキッチンで、メルメルをさがしはじめます。

懐中電灯《かいちゅうでんとう》で台《だい》の下《した》や食器《しょっき》だなを照《て》らしますが……どこにもみあたりません。

「キッチンを出《で》て、広《ひろ》い校舎《こうしゃ》をさまよっているのかも」

みんなは、ろうかへとびだしました。


もう、いつもならねむっているような時間《じかん》で、ろうかはすでに真《ま》っ暗《くら》です。

（エラ、まいごのメルメルを動物小屋《どうぶつごや》へもどす責任《せきにん》は、自分《じぶん》にあるのよ）

エラ姫《ひめ》は、不安《ふあん》でひるみそうな心《こころ》を、ふるいたたせます。

図書室《としょしつ》、美術室《びじゅつしつ》と教室三《きょうしつみっ》つをくまなくさがしましたが、メルメルはいません。

ヒタヒタ……今度《こんど》は、はじめてふみこむ、赤《あか》いカーペットのろうかをしのび足《あし》。

「このあたりは先生《せんせい》がたのお部屋《へや》よ。ちょっと中《なか》をのぞいちゃおうか」

にやにや顔《がお》のナッティ姫《ひめ》に、エラ姫《ひめ》ははらはらしていました。

（もしもまだ、先生《せんせい》が起《お》きていらしたら、どうするの……）

けれど、ナッティ姫《ひめ》は、すでにいちばん近《ちか》くのドアをあけていました。

「……そのどろの入《はい》ったつめ！　よろしくありませんね」

そこはよりによって、エグリー先生《せんせい》のお部屋《へや》だったのです！

8

先生《せんせい》のお部屋《へや》で

エラ姫《ひめ》は、ふるえあがりました。

けれど、お部屋《へや》はしーんとしたままで、エグリー先生《せんせい》は出《で》てきません。

……どうやらねごとだったようです。

「夢《ゆめ》の中《なか》でも、おこっているのね」

ナッティ姫《ひめ》が、クスクス笑《わら》います。

ほっとしたエラ姫《ひめ》は、なにげなく、暗《くら》いお部屋《へや》の中《なか》をみまわしました。

（あ！　あんなところに……）

「メルメル！」


ふわふわした赤《あか》ちゃんウサギが、ベッドの足《あし》もとで動《うご》いていました。

(まさか、先生《せんせい》のお部屋《へや》にいるなんて……どうやってここまできたの？)

ナッティ姫《ひめ》が、キッチンでみかけたワゴンを指《ゆび》さします。

「あれだ！　メルメルはキッチンでのったまま、ここへはこばれたんだよ」

興奮《こうふん》して説明《せつめい》するナッティ姫《ひめ》を、ロザリンド姫《ひめ》がひじでそっとつつきました。

「しぃっ！　ナッティ姫《ひめ》ったら、声《こえ》がおおきいわ」

「メルメルはエラ姫《ひめ》が大好《だいす》きよ。顔《かお》をみたら、近《ちか》よってくるんじゃないかしら」

「……そうかもしれない。わたし、やってみる」

サマー姫《ひめ》に小声《こごえ》で返事《へんじ》をすると、エラ姫《ひめ》はお部屋《へや》へしのびこんだのです。


先生《せんせい》はバタンとねがえりをうってはねごとをいって、今《いま》にも目《め》をさましそう。

いっぽうメルメルは、暗《くら》やみの中《なか》、エラ姫《ひめ》やナッティ姫《ひめ》がのばしたうでから、するりとにげ、いつのまにかベッドの上《うえ》へあがって……ぴょんぴょ〜ん！

ねているエグリー先生《せんせい》の足《あし》の上《うえ》で、うれしそうにはねているではありませんか。

こおりつくエラ姫《ひめ》たちをしりめに、先生《せんせい》のおなかの上《うえ》をはねながら進《すす》むと、顔《かお》へ近《ちか》づき、ぺろぺろぺろっ。

あろうことか、ねごとをいっている先生《せんせい》のあごを、なめたのです！

（きゃあああ！　メルメル、だめ――！）

心《こころ》で悲鳴《ひめい》をあげるエラ姫《ひめ》とはうらはらに、むじゃきなメルメルは、さらに先生《せんせい》の耳《みみ》もとまでいき、鼻《はな》でクンクン、クンクン。

次《つぎ》のしゅんかん、ベッドの横《よこ》にある、サイドテーブルへと、とびうつります。

ナッティ姫《ひめ》が、テーブルの上《うえ》のお皿《さら》をみて、おかしそうにささやきました。

「ねえ、エグリー先生《せんせい》のお夜食《やしょく》はニンジンだよ。メルメルの大好物《だいこうぶつ》だね」

ふいに、ある作戦《さくせん》が頭《あたま》にうかんだエラ姫《ひめ》は、お皿《さら》に残《のこ》ったニンジンをとります。

メルメルの目《め》のまえへ思《おも》わせぶりにさしだしたあと、ゆっくりしゃがみました。

メルメルは
鼻《はな》をぴくぴくさせ、
テーブルからとびおります。

いい子《こ》ね、ほら
こっちへおいで。

じりじりと出口《でぐち》へさがっていく
エラ姫《ひめ》をおって、メルメルは
ぴょんぴょん　ぴょ～ん。

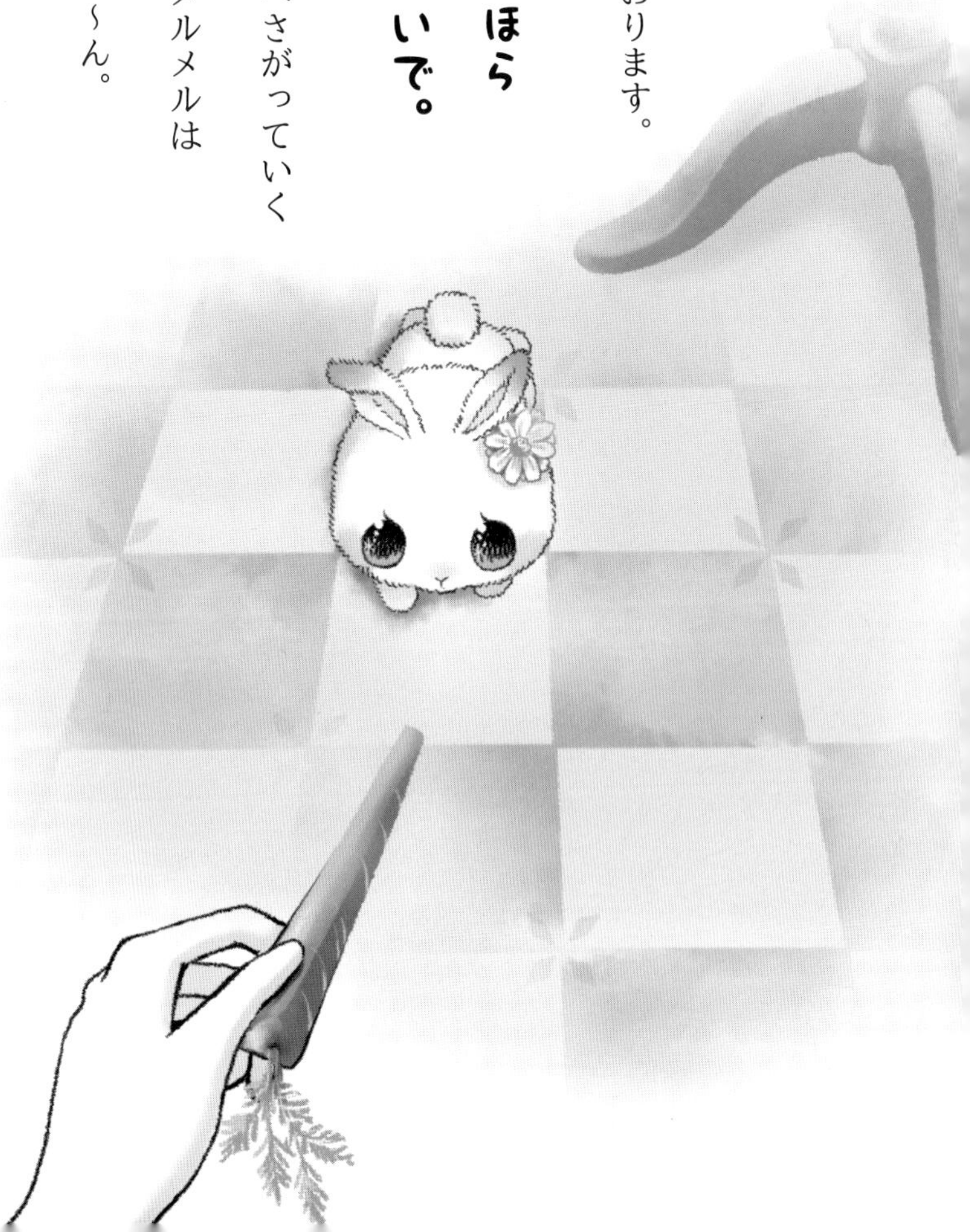

（そうよ……おいしいごはんに、ついてくるのよ）

ろうかまであと少《すこ》し……根気《こんき》よくゆっくりゆっくりと、みちびいて……、

「メルメル、つかまえた！」

ついに、ろうかまでつれだして、だきあげることに、成功《せいこう》したのです！

玉座《ぎょくざ》のうしろのドアをエラ姫《ひめ》がしめわすれたことからはじまった大冒険《だいぼうけん》は、おてんばな赤《あか》ちゃんウサギを無事《ぶじ》に保護《ほご》して、おわりました。

メルメルは、自分《じぶん》がまいごだったのが、わかっているのかいないのか、ちいさな口《くち》をもぐもぐと一生《いっしょう》けんめいに動《うご》かして、お食事《しょくじ》に夢中《むちゅう》。

（もうだいじょうぶ。はあぁ、ほっとしたぁ……！）

夜《よる》おそくまで冒険《ぼうけん》につきあってくれたロザリンド姫《ひめ》たち三人《さんにん》にも、大感謝《だいかんしゃ》です。

次《つぎ》の朝《あさ》、エラ姫《ひめ》たちは、シーホースの塔《とう》でいちばんの早起《はやお》きをしました。

だれにもみつからないよう、メルメルを動物小屋《どうぶつごや》へつれていき、ふわふわの耳《みみ》をそっとなでて、きょうだいたちのもとへもどしてあげました。

干《ほ》し草《くさ》はこびのお手伝《てつだ》いもおえると、ロザリンド姫《ひめ》がみんなに声《こえ》をかけます。

「さあ、もどってティータイム・ピクニックのおしたくをしましょう！　制服《せいふく》ではないドレスを着《き》るのは、ひさしぶりよね。うれしいわ」

「コックとくせいのケーキやゼリーも、あるんですって」

みんなで、うきうきと立《た》ちあがったとき、

「ちょっと、あなたがた。ピクニックに参加《さんか》する資格《しかく》があるのかしら？」

小屋《こや》の入《い》り口《ぐち》に、モリー先《せん》ぱいがあらわれたのです。

「夕《ゆう》べ、消灯時間《しょうとうじかん》に、ひとりもお部屋《へや》にいなかったことを、ゴールドウィン学園《がくえん》長《ちょう》に報告《ほうこく》しました。ふふっ。罰《ばつ》として、ピクニックの参加《さんか》は禁止《きんし》でしょうねぇ」

先《せん》ぱいは口《くち》のはしをつりあげ、意地悪《いじわる》な笑《わら》いをうかべています。

（うそ、全校行事《ぜんこうぎょうじ》なのに……出《で》られないの？　ルームメイトのみんなまで？）

三人《さんにん》を巻《ま》きこんで、ピクニックはおあずけになってしまうのでしょうか。

9

先《せん》ぱいとの対決《たいけつ》

学園《がくえん》へきた日《ひ》、小屋《こや》でつまずいたことが、ここまでおおきなトラブルにふくらむとは、思《おも》いもしませんでした。

（そのうちゆるしてもらえると、あまく考《かんが》えていたせいで、こじれてしまったんだわ……きちんと解決《かいけつ》しなくては）

エラ姫《ひめ》は、一歩《いっぽ》まえへと進《すす》みでます。

「この間《あいだ》は、小屋《こや》でぶつかってしまい、申《もう》しわけありませんでした」

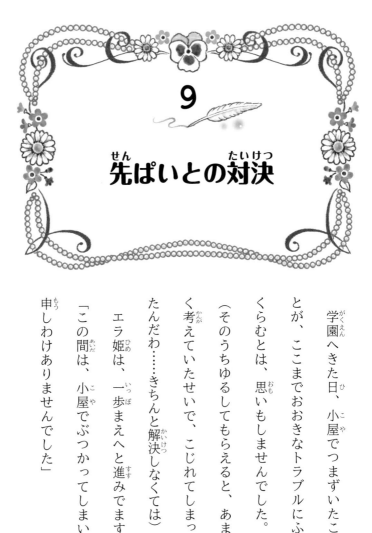

おわびと反省《はんせい》の気持《きも》ちをこめて、エラ姫《ひめ》は頭《あたま》をさげます。

あのとき、モリー先《せん》ぱいは、動物小屋《どうぶつごや》までディナーを知《し》らせにきてくれました。

それなのに、エラ姫《ひめ》のうっかりのせいで、先《せん》ぱいはしりもちをつき、いたい思《おも》いをしたのです。

きれいにしていた制服《せいふく》もひどくよごれ、プライドもきずついたことでしょう。

「けっして、わる気《ぎ》があったわけではありません。
これからはもっと、気《き》をつけて
行動《こうどう》するようにしますから。

「どうか、ゆるしてくださいませんか」

自分《じぶん》に腹《はら》を立《た》てている相手《あいて》にあやまるのは、とても勇気《ゆうき》のいることです。

（ゆるしてもらえないかもしれない……。きびしい言葉《ことば》を投《な》げつけられても、にげずにいられるかしら……この学園《がくえん》にいつづけられるかしら）

エラ姫《ひめ》はきんちょうで、ひざががくがくとふるえましたが、

「よくいったわ」

と、ロザリンド姫《ひめ》がちいさくささやいたのがきこえ、心強《こころづよ》い気持《きも》ちになりました。

エラ姫《ひめ》は手《て》をぎゅっとにぎると、もうひとつ、つたえたいことをつづけます。

「モリー先《せん》ぱい。みんなに校則《こうそく》を守《まも》らせることは
塔《とう》のリーダーの、大切《たいせつ》なお役目《やくめ》だと思《おも》います。
けれど、
学園《がくえん》にまだなれていない新入生《しんにゅうせい》や小屋《こや》の動物《どうぶつ》たちが
安心《あんしん》して毎日《まいにち》をすごせるようにすることも
リーダーとして、考《かんが》えてもらえないでしょうか」

心《しん》ぞうはドキドキして、はれつしそうです。

今《いま》までだれかと、これほどもめたこともなければ、相手《あいて》が気分《きぶん》をわるくするかもしれない意見《いけん》をつたえるのも、はじめてでした。

けれど、このままずっと、モリー先《せん》ぱいにほかの用事《ようじ》を命令《めいれい》されつづけると、メルメルにごはんを食《た》べさせたり、ケージをきれいにおそうじしたりが、まったくできなくなるでしょう。

自分《じぶん》の責任《せきにん》をはたすため、そして、ルームメイトのみんなまで、巻《ま》きこみつづけないためにも、エラ姫《ひめ》は勇気《ゆうき》をふりしぼったのです。

「そのとおりですね、エラ姫《ひめ》」

動物小屋《どうぶつごや》の入《い》り口《ぐち》から、ゴールドウィン学園長《がくえんちょう》が入《はい》ってきました。

「たしかに塔《とう》のリーダーは、新入生《しんにゅうせい》にやさしくせっするべきです」

校長《こうちょう》はそういって、モリー先《せん》ぱいとエラ姫《ひめ》に、おだやかなほほえみを向《む》けます。

「エラ姫《ひめ》。きのうの夜《よる》、ベッドにいなかったのは、何《なに》か理由《りゆう》があるのですか？」

「はい、ゴールドウィン学園長《がくえんちょう》」

エラ姫《ひめ》が正直《しょうじき》に説明《せつめい》すると、学園長《がくえんちょう》はうなずき、先《せん》ぱいのほうへ向《む》きました。

「モリー姫《ひめ》、どうやら時間《じかん》にだらしのない新入生《しんにゅうせい》ではなさそうですよ。それよりシーホースの塔《とう》のリーダーとして、あなたのきびしさがいきすぎでないかどうか、確認《かくにん》する必要《ひつよう》がありそうですね。先《さき》に学園長室《がくえんちょうしつ》へいっていなさい」

モリー先《せん》ぱいは「はい」とこたえると、顔《かお》を真《ま》っ赤《か》にして視線《しせん》をそらし、小屋《こや》から出《で》ていきました。

「さて、ピクニックデーですよ。みなさん、おしたくをはじめてね。きょうは、あなたがた、シーホースの塔《とう》が、準備《じゅんび》のお当番《とうばん》でしたね」

「はい、ゴールドウィン学園長《がくえんちょう》！」

四人《よにん》の王女《おうじょ》さまは、声《こえ》をそろえて元気《げんき》に返事《へんじ》をします。

お部屋《へや》でドレスに着《き》がえたエラ姫《ひめ》たちは、まるでお花《はな》のようせいみたい。

しばふの広場《ひろば》へいき、動物小屋《どうぶつごや》から出《で》てきたパートナーの動物《どうぶつ》をさがします。

Rosalind
ロザリンド姫《ひめ》
大人《おとな》っぽさが
ひきたつ
細身《ほそみ》の
シルエット
お日《ひ》さまの光《ひかり》に
金色《きんいろ》にかがやく
ショートヘア
ふんわり広《ひろ》がる布《ぬの》は
りんとした中《なか》に
やさしいふんいき
まるで花《はな》びらを
重《かさ》ねたみたいな
スカート
小指《こゆび》のジュエルは
ブルーのサファイア
シーホースの塔《とう》や
動物《どうぶつ》小屋《ごや》へ案内《あんない》して
くれたわ
「ひみつの書《しょ》」に
くわしくて
たよりになるわ

つぶらなひとみが
かわいいハムスター

Fluff

フラッフ

てのひらにのるほど
ちいさいの

「ふわふわ」という
意味《いみ》の英語《えいご》に
ちなんだ名前《なまえ》よ

いつもエラ姫《ひめ》を元気《げんき》づけ、なれない生活《せいかつ》を手助《てだす》けしてくれるロザリンド姫《ひめ》。
すらりとした細身《ほそみ》のドレスを、エレガントに着《き》こなしたところは、さすがです。
ピクニックのパートナーは、ハムスターのフラッフ。
あ、ナッティ姫《ひめ》、サマー姫《ひめ》のそばにも、パートナーの動物《どうぶつ》がやってきました。
ふたりのドレスも、イメージにとてもよくあっていて、すてきです。

Strawberry
毛《け》なみの
美《うつく》しい
ポニー
ストロベリー
いつもは
馬小屋《うまごや》にいるの
ブラッシング
してあげると
よろこぶわ
くるくるの
ヘアが
チャームポイント
そでは、つやつやの
シルクなの
ショート丈《たけ》で
元気《げんき》アピール！
チューリップ
みたいな赤《あか》の
ドレス
運動《うんどう》が得意《とくい》で
乗馬《じょうば》が大好《だいす》き
ナッティ姫《ひめ》
Nattie

Kanga
カンガ
とっても
頭《あたま》のいい
オウム
人間《にんげん》の
言葉《ことば》が
わかるみたい
カンガとは
心《こころ》が
通《つう》じあっていて
親友《しんゆう》みたい
ていねいに
とかした
髪《かみ》が風《かぜ》に
そよいで
いるわ
自由《じゆう》にとび
まわるのが
好《す》きなの
「自分《じぶん》
らしさ」に
こだわった
おしゃれな
ドレス
小指《こゆび》のジュエルは
むらさき色《いろ》の
アメジスト
きれいな
グラデーションの
スカート
サマー姫《ひめ》
Summer

Ella
エラ姫《ひめ》
春《はる》の日《ひ》ざしのような
あわい黄色《きいろ》のドレス
重《かさ》なった花《はな》びらを
まとうようなデザイン

Merumeru

小指《こゆび》のジュエルは
あわい黄色《きいろ》の
イエロー・ダイヤモンド

好《す》きな
食《た》べものは
ニンジン

メルメル

まだ生《う》まれて
まもないわ

このドレスを着《き》ると
お花畑《はなばたけ》にいるみたいに
しあわせ

ピンク色《いろ》の
ちいさな鼻《はな》

ハチミツ色《いろ》で
ふわふわの毛《け》

メルメルが
無事《ぶじ》にみつかって
ひと安心《あんしん》

夕《ゆう》べ冒険《ぼうけん》してたと
思《おも》えないほど
元気《げんき》なの

先《せん》ぱいや先生《せんせい》と
うまくやれるように
がんばりたいの

やわらかい
すそのフリルが
風《かぜ》にゆれるの

まわりにくらべ
ゆっくりペース
すぎたことに
気《き》づいたわ

海《うみ》からの風《かぜ》がふいてきて、お花《はな》がさくようにドレスがふわぁっと広《ひろ》がりました。
自分《じぶん》の失敗《しっぱい》に向《む》きあい、にげずに解決《かいけつ》しようとしたエラ姫《ひめ》。
さわやかな風《かぜ》は「よくがんばったね」と声《こえ》をかけてくれているようです。
エラ姫《ひめ》は、みんなと手《て》わけして、しばふの上《うえ》にブランケットを広《ひろ》げていきます。
コックの用意《ようい》してくれたバスケットの中《なか》には、ごちそうがいっぱい！
ヒトデのもようのお皿《さら》を出《だ》したり、シュワシュワのレモネードをくばったり、
おおきなチョコレートケーキもはこんで、お当番《とうばん》の仕事《しごと》をばっちりこなします。
そろそろ、全校生徒《ぜんこうせいと》たちがやってくる時間《じかん》……ピクニックのはじまりです！

10 ティータイム・ピクニック

やがて、ほかの塔《とう》から、ドレスアップした生徒《せいと》たちが出《で》てきて、広場《ひろば》はお花畑《はなばたけ》のように、はなやかになりました。

エラ姫《ひめ》は、ロザリンド姫《ひめ》、ナッティ姫《ひめ》、サマー姫《ひめ》といっしょのブランケットへすわり、紅茶《こうちゃ》をそそぎます。

やさしい風《かぜ》が、髪《かみ》をゆらしました。

エラ姫《ひめ》は、海《うみ》の向《む》こうの両親《りょうしん》を思《おも》いうかべ、心《こころ》で語《かた》りかけます。

お父《とう》さま、お母《かあ》さま。
エラね……、
学園《がくえん》にもようやくなれて
助《たす》けあえる仲間《なかま》もできたのよ。
もちろん……大勢《おおぜい》での生活《せいかつ》はたいへんだし、

ときにはしかられたり、
めいわくをかけてしまう
こともあるわ。

でも、エラね、

今《いま》は、どんな相手《あいて》とも
にげずに
ちゃんと向《む》きあいたい。
責任感《せきにんかん》のある王女《おうじょ》になりたいの。

たとえ
失敗《しっぱい》することがあっても

自分《じぶん》の力《ちから》で
解決《かいけつ》できれば
こんなすてきな
気分《きぶん》が味《あじ》わえるって
はじめて
知《し》ったんだもの……！

ザザーッ　サワサワサワ……。

波《なみ》の音《おと》が、エラ姫《ひめ》の心《こころ》の成長《せいちょう》を応《おう》えんするかのように、やさしくきこえました。

サンドイッチにソーセージロール、さわやかな味《あじ》のレモネードに、チョコレートケーキ、ぷるんぷるんのゼリー……動物《どうぶつ》たちはのびのびとかけまわり、向《む》こうでは、ゴールドウィン学園長《がくえんちょう》が、生徒《せいと》たちを二人三脚競争《ににんさんきゃくきょうそう》にさそっています。

きょう、ドレスアップやお当番《とうばん》の準備《じゅんび》を、みんなにおくれずに手《て》ぎわよくできたことは、エラ姫《ひめ》にとって、うれしい自信《じしん》となりました。

（ふふっ、少《すこ》しまえのわたしなら、もたもたしてレモネードをこぼしていたわ）

11

すてきな心《こころ》がけ

「ねえ、エラ姫《ひめ》。ティータイム・ピクニックって、最高《さいこう》ね！」

ロザリンド姫《ひめ》の髪《かみ》が、お日《ひ》さまに照《て》らされて、金色《きんいろ》にきらめいています。

エラ姫《ひめ》は、深《ふか》くうなずきました。

バラス島《とう》で両親《りょうしん》やお城《しろ》の人《ひと》びとにあまえ、のんびりとくらしていたころが遠《とお》いむかしのよう。

「ごきげんいかが、みなさん」

エラ姫《ひめ》たちの楽《たの》しそうなおしゃべりがきこえたのか、ティアラ会《かい》のお姉《ねえ》さまがたがこちらへやってきました。

ゆうがで上品《じょうひん》なしぐさや、センスの光《ひか》る着《き》こなしは、お手本《てほん》にしたいほど。

あこがれの上級生《じょうきゅうせい》五人《ごにん》です。

ユリア姫《ひめ》

ナッティ姫《ひめ》の、お姉《ねえ》さまよ。
ティアラ会《かい》をつくった
かたなの

ルル姫《ひめ》

明《あか》るくて、はきはきしているわ。ドレスで2回転《かいてん》宙《ちゅう》がえりができるらしい！

とってもおしとやか。動物《どうぶつ》を落《お》ちつかせるのがじょうずなんですって

クララベル姫《ひめ》

フレイア姫《ひめ》

頭《あたま》がよさそう。
ジュエルの魔法《まほう》の
パワーをひきだせる
んですって！

もの静《しず》かでおとなしいかた。
すけるような三《み》つ編《あ》みの髪《かみ》が
とってもきれい

ジャミンタ姫《ひめ》

（いつかわたしも……このお姉《ねえ》さまがたや、ロザリンド姫《ひめ》たちのように、かわいくて、かしこくて、勇気《ゆうき》ある女《おんな》の子《こ》に、なれるかしら？）

これまでのエラ姫《ひめ》は、まわりを気《き》にせず、おっとりとくらしてきました。

ひとりのときは、マイペースでもこまることはなかったけれど……ロイヤル・アカデミーで、いろいろなタイプの王女《おうじょ》さまや先生《せんせい》とすごすには、いくつか心《こころ》にとめておくといいことを発見《はっけん》していました。

1　まわりのペースを感《かん》じとり、あわせるようにしてみること。

2　今《いま》していることが、だれかにめいわくをかけていないか、気《き》にかけること。

学園《がくえん》での毎日《まいにち》を、スムーズにするための〝すてきな心《こころ》がけ〟です。

動物小屋《どうぶつごや》でころんで、モリー先《せん》ぱいにぶつかってしまったのは、けっしてわざとではありませんでした。

でも、ぼんやりせず、もっと注意《ちゅうい》をはらっていれば、ふせげたかもしれません。

そう。〝すてきな心《こころ》がけ〟の、みっつめ、よっつめは、

3　自分《じぶん》の行動《こうどう》がよくない結果《けっか》をまねいても、自分《じぶん》の力《ちから》でばんかいすること。

4　自分《じぶん》のいいぶんだけでなく、相手《あいて》の気持《きも》ちを知《し》ろうとしてみること。

おこっている人《ひと》にあやまったり、説得《せっとく》するのは、とても勇気《ゆうき》のいることでした。

けれど、こじれても、人《ひと》のせいや人《ひと》まかせにせず、自分《じぶん》でトラブルを解決《かいけつ》しようと努力《どりょく》すれば、じたいは、だんだんとよくなっていきました。

トラブルと向《む》きあう心《こころ》の強《つよ》さも、身《み》につけはじめたエラ姫《ひめ》。

きっと、エグリー先生《せんせい》のきびしさを理解《りかい》できるようになる日《ひ》も、近《ちか》いでしょう。


エラ姫《ひめ》は、メルメルをやさしくだきあげました。

(あなたのおかげで、心《こころ》が強《つよ》くなれた気《き》がするの)

国王《こくおう》の間《ま》でメルメルがゆくえ不明《ふめい》になったとわかったとき、心《こころ》に生《う》まれたもの、それが〝責任感《せきにんかん》〟でした。

モリー先《せん》ぱいやメルメルのできごとをきっかけに、自分《じぶん》をかえてみよう、もっとしっかりしよう、という考《かんが》えにかわったのです。

自分《じぶん》がしたことの結果《けっか》に目《め》をそむけず、にげない強《つよ》さを持《も》った女《おんな》の子《こ》は、これからも、トラブルに向《む》きあい、自分《じぶん》の力《ちから》でのりこえていけることでしょう。

太陽《たいよう》の日《ひ》ざしをうけたヒアベル城《じょう》が、いつもよりかがやいてみえました。

ロザリンド姫《ひめ》、ナッティ姫《ひめ》、サマー姫《ひめ》……そしてティアラ会《かい》のお姉《ねえ》さまがたにかこまれた、笑顔《えがお》のピクニック。

あしたからの学園生活《がくえんせいかつ》は、もっとハッピーになる予感《よかん》がします。

「ロイヤル・アカデミーへきて、ほんとうによかった！　ティアラ会《かい》も大好《だいす》きよ」

かわいくて、かしこくて、勇気《ゆうき》ある王女《おうじょ》さまたちの、しあわせな笑《わら》い声《ごえ》は、海《うみ》からの風《かぜ》にのって、どこまでも広《ひろ》がっていきました。


さて、ロイヤル・アカデミーの新学期《しんがっき》のお話《はなし》は、これでおしまい。

『ティアラ会《かい》』にはチャーミングな王女《おうじょ》さまが大勢《おおぜい》いて、ほかにロザリンド姫《ひめ》や、ユリア姫《ひめ》たちの活《かつ》やくするお話《はなし》もあるのですが……。

それはまた、いつかのお楽《たの》しみに。

自分《じぶん》がしたことの
結果《けっか》から

にげないで。
のりこえるって
すごく気《き》持《も》ちいい。

Princess
of
Tiara

ティアラ会《かい》おまけ報告《ほうこく》

お話《はなし》でしょうかいしきれなかったうら話《ばなし》を、あれこれレポートします。

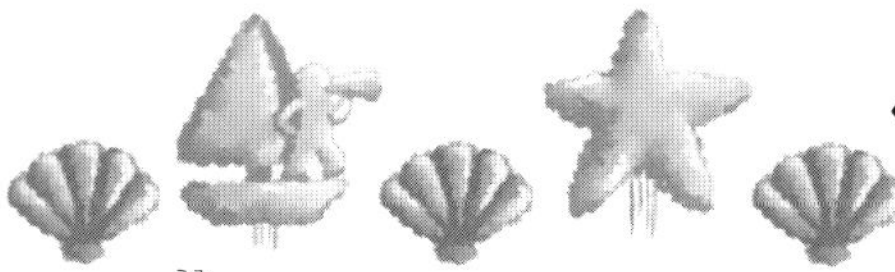

← 門《もん》につづく道《みち》には海《うみ》のモチーフの形《かたち》にかられた植木《うえき》が！

海《うみ》にちなんだかざりやかべ、
お城《しろ》らしいまどやホール、かねなどに
女《おんな》の子《こ》心《ごころ》が
くすぐられます。

ロマンチックなヒアベル城《じょう》にときめき！

↑ シーホースの塔《とう》のろうかのかべは、まるで海《うみ》の中《なか》

← バルコニーにある、銅色《どういろ》のかねが三回鳴《さんかいな》ったら、お食事《しょくじ》の合図《あいず》よ

ディナーは、ホールの長《なが》～いテーブルで「いただきま～す」 →

← お部屋《へや》は、オーシャンビュー。波《なみ》の音《おと》がきこえて、灯台《とうだい》の照《て》らす明《あ》かりもみえるのよ

→ エントランスのかべには優秀《ゆうしゅう》な生徒《せいと》のしょうぞう画《が》が

→ニンジンを細長《ほそなが》くきったスティックはエグリー先生《せんせい》の大好物《だいこうぶつ》なんですって

エグリー先生《せんせい》のお夜食用《やしょくよう》ワゴン

キッチンで、ニンジンにつられてワゴンにのったメルメルは、先生《せんせい》に気《き》づかれないまま、ワゴンごとはこばれたのでした。

動物《どうぶつ》小屋《ごや》はとってもにぎやか

片《かた》がわにかこい、向《む》かいにケージがあってウサギのメルメルはおくのケージにいます。

↑学園《がくえん》が育《そだ》てているヒツジやニワトリたちもいっしょなのよ

ひみつの道《みち》はぐねぐね

国王《こくおう》の間《ま》でみつけたひみつの道《みち》は、暗《くら》くてぐねぐね曲《ま》がっていて、迷路《めいろ》のようでした。

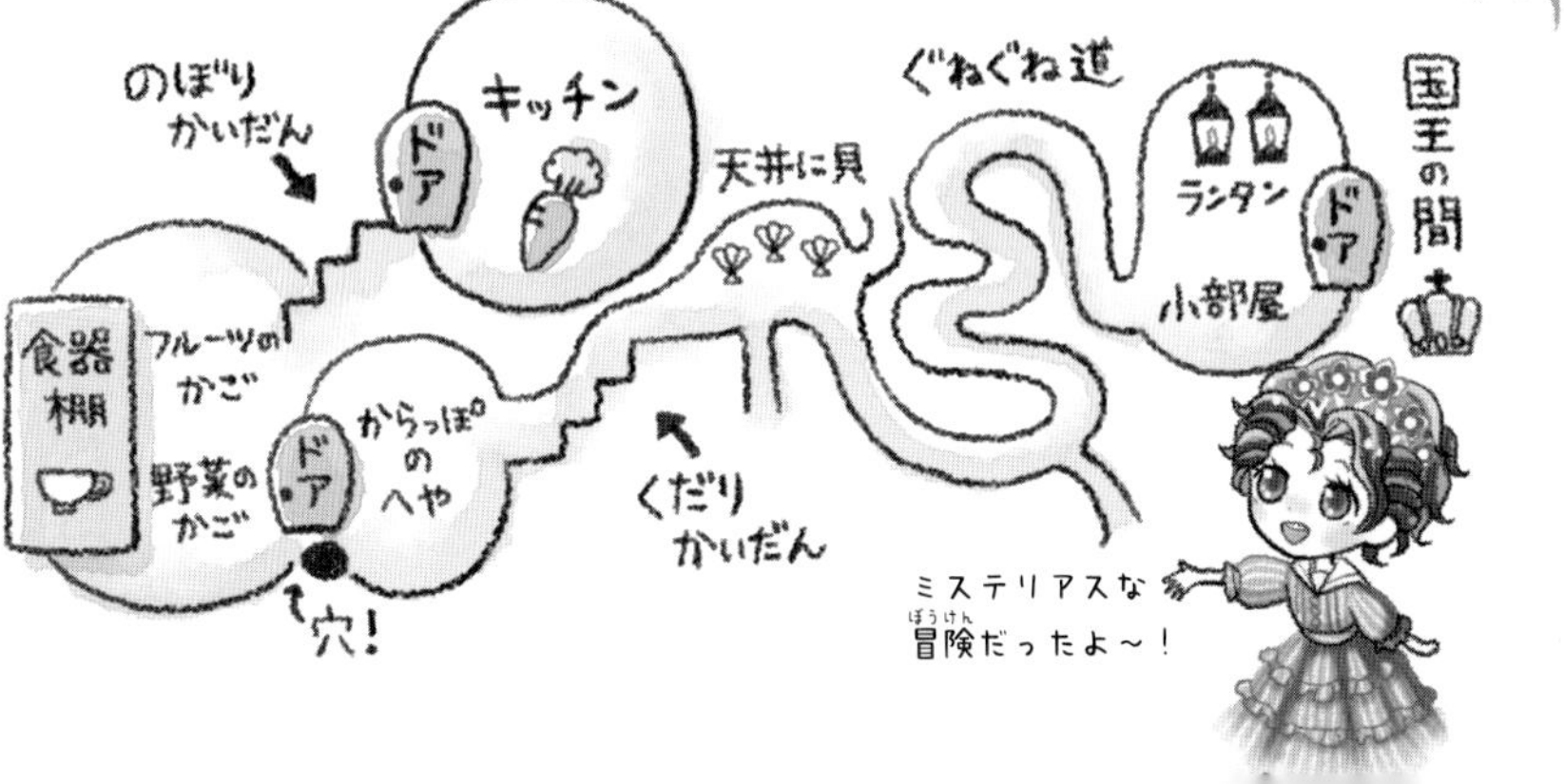

原作：ポーラ・ハリソン

イギリスの人気児童書作家。小学校の教師をつとめたのち、作家デビュー。
本書の原作である「THE RESCUE PRINCESSES」シリーズは、
イギリス、アメリカ、イスラエルほか、世界で130万部を超えるシリーズとなった。
教師の経験を生かし、学校での講演やワークショップも、精力的にとりくんでいる。

王女さまのお手紙つき

内気なティアラの新学期

2017年2月21日 第1刷発行

原作	ポーラ・ハリソン	翻訳協力	池田 光
企画・構成	チーム151E☆	作画指導・下絵	中島万璃
絵	ajico 中島万璃	編集協力	池田 光
			石田抄子
			谷口晶美

発行人 川田夏子
編集人 川田夏子
編集担当 北川美映
発行所 株式会社 学研プラス
〒141-8415 東京都品川区西五反田2-11-8
印刷所 図書印刷 株式会社 サンエーカガク印刷 株式会社

この本に関する各種お問い合わせ先
【電話の場合】
●編集内容については TEL.03-6431-1465（編集部直通）
●在庫・不良品（落丁、乱丁）については TEL.03-6431-1197（販売部直通）
【文書の場合】
〒141-8418 東京都品川区西五反田2-11-8 学研お客様センター『王女さまのお手紙つき』係

この本以外の学研商品に関するお問い合わせは下記まで。
TEL.03-6431-1002（学研お客様センター）